FRIDA,

el misterio del anillo del

PAVO REAL
Y YO

FRIDA,

el misterio del anillo del

PAVO REAL Y YO

ANGELA CERVANTES

Scholastic Inc.

Para Carlos, mi cielo

FRIDA,

el misterio del anillo del

PAVO REAL
Y YO

Capítulo 1

Adiós, Kansas

Le gustara o no, Paloma Márquez estaría en la Ciudad de México un mes. Levantó su máscara morada de dormir y alzó la persiana de la ventanilla del avión, dejando que la luz del sol entrara e iluminara los dos libros sobre su regazo. Uno de ellos era el último de su serie de misterio favorita, la de la sensacional chica detective Lulu Pennywhistle. Paloma lo había terminado durante el vuelo de dos horas de Kansas a Houston, donde ella y su mamá tomaron el vuelo a México. Ahora solo le quedaba un libro para entretenerse durante su estancia en ese país. El pequeño diccionario de español que había comprado para el viaje tenía en la portada un gato amarillo con la máscara negra del Zorro y un sombrero. En algún lugar del cielo entre Houston y la Ciudad de México lo había abierto y había comenzado a estudiar palabras que no conocía, hasta que comenzaron a mezclarse como las nubes, y la hicieron dormir como una canción de cuna en español.

—¡Llegamos! —dijo su mamá, sentada a su lado, halándole juguetonamente el brazo—. ¿Estás emocionada con tu primer viaje al extranjero? ¡Y nada menos que a México! ¿Alguna vez pensaste que viajaríamos en el verano? ¿No te parece increíble?

Paloma no estaba segura de qué pregunta debía contestar primero, así que cerró la cortina e intentó hablar en español.

—No quiero México. Tengo miedo de camarón —dijo.

Su mamá la miró extrañada.

—Entendí lo que dijiste sobre México pero, ¿qué quisiste decir con "miedo de camarón"? —preguntó.

—No me gustan los cambios —dijo Paloma frunciendo el ceño.

—Ah, quisiste decir "cambio", no "camarón". De todas maneras, te daré una A por intentarlo —dijo su mamá sonriendo—. Vamos, Paloma. ¡Piensa en la aventura!

—La "aventura" está sobrevalorada —dijo Paloma.

Su mamá negó con la cabeza y Paloma sintió una punzada de culpabilidad en el corazón.

Deseaba estar tan emocionada con el viaje como su mamá. De veras. Después de todo, ella había luchado muchísimo para conseguirlo. No todos los días una profesora de literatura recibía una beca para estudiar fuera del país. Desde que Paloma tenía memoria, su mamá había estado enviando solicitudes de becas a México, sin éxito. Sin embargo, después de viajar casi siete horas para llegar a la Ciudad de México, ni siquiera tenía energía para fingir emoción. ¿Acaso era una mala hija por desear pasar el verano en Kansas, sentada en la alberca leyendo su serie de misterio favorita y yendo al centro comercial con sus amigas Kate e Isha?

—En serio, Paloma. Eres la única persona que conozco que se queja de viajar a México gratis —dijo su mamá y se paró en el pasillo del avión para bajar la mochila del portaequipaje—. Pensé que visitar la tierra de tu padre *al menos* te animaría.

"Tiene razón", pensó Paloma.

Pero, ¿cuatro semanas? Sintió un retorcijón en el estómago. Perdería la mitad del verano. ¡Sin contar el 4 de julio! Kate, Isha y ella habían planeado lanzar fuegos artificiales en el lago. Cada estruendo estaría sincronizado con sus canciones favoritas, y hasta pensaban hacer una rutina con cohetes. Ahora, por cuenta de este viaje a México, sus planes se habían evaporado.

Los pasajeros recogieron su equipaje de mano y comenzaron a salir del avión. La mamá de Paloma se hizo a un lado para que ella saliera al pasillo.

—Vámonos, como dicen aquí en México.

Paloma metió los libros y la máscara de dormir en su bolsa y comenzó a caminar. Salió del avión a una sala de aeropuerto atestada de gente. Decidió practicar unas cuantas frases en español que pensaba que le serían útiles durante el viaje.

—No, gracias. No me gusta. No hablo español —dijo.

Su mamá y ella se pusieron en la fila detrás de otros pasajeros para pasar el control de inmigración.

—No quiero. No puedo. No me gusta —añadió.

—Pronuncias muy bien el español, Paloma. Aprendes rápido. Pero, ¿no te parece curioso que las frases que has aprendido sean todas negativas? —dijo su mamá.

—No soy una persona negativa —protestó Paloma.

—Ay, Paloma. ¿Acaso "No me gusta" y "No quiero" no son frases negativas? —dijo su mamá pasándole el brazo por los hombros y abrazándola—. Me gustaría que vivieses una experiencia positiva en México. Trata de decir "Me gusta" en lugar de "No me gusta".

Paloma soltó un suspiro.

—Está bien. ¡Trataré de que esta sea una experiencia súper positiva que cambie mi vida para siempre! ¡También deseo la paz en el mundo, gatitos peludos y unicornios! —dijo con una sonrisa de concurso de belleza tan pronunciada que pensó que se le explotarían las mejillas.

—Mucho mejor.

—Mami, ¿por qué tú y papi no me enseñaron español desde pequeñita? Este viaje habría sido mucho más agradable —dijo Paloma—. Mi papá era de aquí, debe de haber hablado muy bien el español, ¿no? ¿Intentó enseñármelo alguna vez?

—Te puso varios apodos en español —dijo su mamá sonriendo mientras avanzaban en la fila—. Algunas veces te decía *"little bird"* en español, pero no recuerdo la palabra exacta que usaba.

—Pues hoy es tu día de suerte porque ando con un diccionario de español con un Zorro gatuno en la portada —bromeó

Paloma—. Estoy segura de que el gato sabe cómo se dice *"bird"* en español.

Mientras buscaba la palabra, Paloma se sintió como una detective en busca de pistas. Pero ese no era un sentimiento nuevo. A menudo se ponía a buscar pistas sobre su propia vida. Pistas que probaran que había tenido un papá que había nacido en México, que se llamaba Juan Carlos y que estudió arquitectura. Un papá de quien su mamá se enamoró a primera vista cuando lo conoció en la universidad. Que se detuvo a ayudar a alguien en la carretera y nunca más volvió a casa.

Esos eran los hechos. Paloma tenía tres años cuando su papá murió, por lo que dependía de su mamá para saber sobre él. Por suerte, su mamá lo recordaba todo: las fiestas de Halloween, la universidad, los cumpleaños, las Navidades... Cada vez que su mamá le contaba algo, ella lo anotaba en una tarjeta que guardaba en la "cajita de recuerdos" que su mamá le había regalado. Paloma la había pintado de morado y la había decorado con mariposas. Además de las tarjetas, ahí también guardaba fotografías de su papá y otros recuerdos. Cada objeto era una pista sobre él. Tenía la esperanza de que si reunía muchas pistas, finalmente sería capaz de saber quién había sido su papá.

Mantenía la caja al lado de la cama y, algunas veces, antes de dormir, miraba las fotografías de su papá, un hombre de pelo negro muy apuesto que la cargaba frente al pastel de cumpleaños o empujaba su cochecito. Pensaba que, si miraba las fotografías por mucho tiempo, el recuerdo de ese momento se elevaría en su mente como el avión se había elevado por encima de las nubes y desplazaría a los otros recuerdos. Entonces, lograría tener un recuerdo real de su papá. Pero eso nunca sucedía.

Terminaba siempre donde había comenzado, sin recordar nada. Quizás en México encontraría alguna pista que finalmente la hiciera recordar.

Mientras pensaba en todo eso, encontró la palabra que buscaba en el diccionario.

—"Pájaro" —dijo—. La traducción de "*bird*" al español es "pájaro".

—Sí, te llamaba algo así —dijo su mamá.

Paloma sacó una tarjeta de su bolsa y escribió la palabra "pájaro".

En ese momento, un oficial de inmigración las llamó para revisar sus pasaportes.

—Vamos —dijo su mamá, dándole un beso en la frente.

Cuando pasaron el control de aduanas, Paloma revisó su pasaporte. Decía: "Migración. La República de México".

En los libros de misterio que había leído, Lulu Pennywhistle tenía el pasaporte lleno de sellos de lugares como Dubái, Londres y Berlín, pero Paloma estaba segura de que Lulu nunca había viajado a México. Le gustaba la idea de que México, el país donde su papá había nacido, fuera el primer país extranjero que visitara. Acarició con la mano la página sellada del pasaporte.

—Me gusta mucho —dijo bajito.

Capítulo 2

Cuatro semanas peliagudas

—¿Vendrá alguien a recogernos? —le preguntó Paloma a su mamá al ver la multitud de personas que había a la salida de la sala donde se recogían los equipajes.

—La universidad dijo que enviaría a alguien —contestó su mamá acomodándose la mochila que llevaba al hombro—. Dijeron que nos esperarían a la salida. Pero, ¿será aquí o afuera?

—¿Cómo sabrán que somos nosotras? —preguntó Paloma, apretando su bolsa contra el pecho—. ¿Qué tal si nos metemos en el carro equivocado y nos secuestran?

—Eso no va a pasar —contestó su mamá.

—Pero, podría suceder. Kate me mandó anoche un artículo acerca de los secuestros en México —dijo Paloma.

—Qué buena amiga —dijo su mamá con una sonrisita irónica.

—Isha me dijo que un traficante de drogas nos secuestraría y nos llevaría al desierto y pediría un rescate y...

—Para ya de decir cosas sin sentido, Paloma —dijo su mamá, seriamente—. Esperemos allí, frente a esa tiendita.

A medida que avanzaban, la chica no paraba de mirar a la gente en busca de un cartel con el nombre de su mamá. Pero había muchas personas. Todas con prisa. Cargaban su equipaje y hablaban en español por sus teléfonos celulares. Paloma frunció el ceño. Se sentía abandonada en un lugar desconocido.

—Quizás se olvidaron de nosotras. ¿No podrías llamar a alguien? —preguntó.

En ese momento, un hombre que caminaba cerca de ellas se detuvo y las miró. Paloma tiró de la manga de la blusa de su mamá, pero ella estaba ocupada revisando los mensajes en su celular y no se dio cuenta.

—Mami, ese hombre nos está...

—Dame un minuto, Paloma. Tengo un mensaje de la universidad.

El hombre miró de nuevo a Paloma y luego se alejó. Paloma sintió que el corazón le latía con fuerza. ¿Por qué la había mirado? Como hacía Lulu Pennywhistle, tomó nota mentalmente de las características del hombre, por si tenía que reportarlo a la policía. Era de mediana estatura, tenía el pelo negro y la piel un poco oscura. Llevaba pantalones caqui, mocasines color beige, un polo verde y un bolso de mensajero de piel marrón. De pronto, el hombre se volteó y miró a Paloma de nuevo. Sus ojos se encontraron. Ella apartó la mirada y se encontró frente a un póster que tenía una pintura de una mujer con bigote y unas cejas negras enormes que se unían encima de la nariz.

—¡Qué horror! Llamen al salón de belleza —exclamó, sin saber qué le daba más miedo, el hombre que la miraba o el cartel.

Sobre el hombro izquierdo de la mujer del póster, un gato negro acechaba como si estuviera a punto de atacar. En el derecho, un mono jugueteaba con el collar de palitos entrelazados que llevaba la mujer. Del centro del collar colgaba un colibrí negro.

—¡Y no olviden llamar a la Agencia de Protección de Animales! —añadió Paloma.

—¿Qué, mi niña? —le preguntó su mamá levantando los ojos del celular y viendo por primera vez el póster—. Oh, ¡la casa de Frida Kahlo! Nos hospedaremos cerca, creo.

—¿Qué? —dijo Paloma sin quitarle los ojos de encima al gato y al mono—. ¿Cerca de un circo?

—No digas tonterías —contestó su mamá, negando con la cabeza—. Es un anuncio para promocionar el museo de Frida Kahlo en Coyoacán —añadió, señalando la parte inferior del afiche.

La Casa Azul, Coyoacán, México

—¿Profesora Emma Márquez? —dijo una voz masculina detrás de ellas.

Paloma y su mamá se voltearon. Era el hombre que las había estado mirando. Paloma le agarró el brazo a su madre.

—Sí, soy yo —dijo la mamá—. Soy Emma.

El hombre extendió la mano.

—Soy el profesor Julián Breton.

Paloma se relajó. Menos mal que no era un secuestrador.

—Si están listas, nos podemos ir. Espero que no hayan tenido que esperar mucho —dijo el profesor.

—Acabamos de llegar y estábamos mirando el anuncio de la Casa Azul —dijo la mamá de Paloma—. ¿Está cerca de donde nos quedaremos?

—A unas cuadras. Se hospedarán en la calle París. La Casa Azul queda en la calle Londres, a no más de cinco minutos caminando. Esta noche iremos allí a una recepción —contestó el profesor.

—Cierto. ¡La recepción es esta noche! —soltó la mamá de Paloma—. Gracias por recordármelo. Será un placer asistir.

—El Sr. y la Sra. Farill estarán allí. Estarán encantados de conocerla —dijo el profesor.

—¿Quiénes son ellos? —preguntó Paloma.

—La familia que financió nuestro viaje. Patrocinan la universidad, ¿no es cierto? —preguntó la mamá.

El profesor Breton asintió, sonriendo.

—Gracias a su generosidad, no pasaremos el verano en la Ciudad de Kansas —añadió la mamá de Paloma.

"Así que por causa de ellos estoy lejos de mis amigas", pensó Paloma.

—¿Tengo que ir a la recepción? —preguntó.

—Por supuesto —dijo su mamá y la miró entrecerrando los ojos—. ¡Tendremos la oportunidad de visitar la casa de la famosa pintora Frida Kahlo!

—¿Y nos pintaremos las cejas como ella? —preguntó Paloma señalando el póster—. Por cierto, dejé mi collar de pájaros en casa.

El profesor Breton no pudo aguantar la risa.

—No hace falta ponerse un collar de pájaros —dijo.

—No te hagas la tonta, Paloma —dijo su mamá—. Frida se hizo famosa por sus autorretratos. En una ocasión, dijo que se pintaba a sí misma porque se conocía mejor que nadie.

—Yo me conozco mejor que nadie y no me paso el día pintándome —dijo Paloma encogiéndose de hombros.

—Quizás no te pintes, pero Kate, Isha y tú se pasan el día haciéndose *selfis*, así que no juzgues —respondió su mamá—. Frida Kahlo está entre los pintores favoritos de tu papá. ¿No te gustaría averiguar por qué?

Paloma miró el afiche una vez más. ¿La mujer del collar con el colibrí negro era uno de los pintores favoritos de su papá? Sacó una pluma y una tarjeta y comenzó a escribir.

—¿Vive todavía? —preguntó mientras escribía el nombre de Frida—. ¿Vive aquí en México?

—Frida murió hace mucho tiempo, pero sus pinturas son reverenciadas en México —dijo el profesor Breton—. Para ser más preciso, son reverenciadas en todo el mundo. Me sorprende que nunca hayas oído hablar de ella.

—Es mi culpa —dijo la mamá de Paloma—. El padre de Paloma era mexicano, pero yo no he sabido enseñarle mucho sobre la cultura de este país. Por eso la traje conmigo. La he inscrito en su curso de verano "Introducción al Arte y la Cultura de México".

Paloma alzó la vista. No le gustaba que su mamá mencionara las dificultades de haberla criado sola. Tampoco quería saber nada de tomar clases en el verano.

—No puedo creer que me hayas inscrito en una escuela de verano —se quejó—. ¡Estamos en junio; el verano es para divertirse!

—No te preocupes, Paloma —dijo el profesor Breton—. Verás que mi curso no es como la escuela regular. Queremos que los chicos se diviertan. Te prometo que lo vas a disfrutar. Y, entre mi clase y la vida en Coyoacán, aprenderás todo lo que hay que saber sobre Frida Kahlo.

"Justo lo que necesitaba", pensó Paloma. Si esa pintora con las cejas enormes era lo mejor que Coyoacán podía ofrecer, iban a ser cuatro semanas peliagudas.

Capítulo 3

Sobrecarga de *selfis*

Paloma puso la maleta en la cama de su nueva habitación, que estaba pintada de amarillo brillante. Parecía que un girasol acababa de tragársela, pero se sentía a gusto. En Kansas, las paredes de su habitación estaban pintadas de beige claro. Su mamá había dicho que era un color neutro muy lindo que pegaba con todo, pero ella le había contestado que el beige claro era un insulto a las cajas de crayones, a las flores y al arcoíris. Había terminado cubriendo las paredes con tantos pósters como pudo.

Paloma abrió la maleta y comenzó a sacar *jeans*, camisetas, suéteres y unas cuantas bufandas de colores. A pesar de que se moría de ganas de ponerse sus *jeans* favoritos, debía asistir a la recepción de esa noche con ropa más formal, así que eligió una falda negra y una blusa tejida color crema. Nunca había estado en una recepción donde la gente toma vino y habla de arte. Había leído sobre esas fiestas en los libros de misterio de Lulu Pennywhistle. En uno de ellos, Lulu se disfrazó de asistente de la persona encargada de guardar los abrigos para espiar a un sospechoso. Lulu era tan lista que siempre terminaba atrapando al tipo malo. Si Paloma descubría algo sospechoso esa noche, quizás la visita al museo no sería una total pérdida de tiempo.

Una hora después, el profesor Breton y su mamá esperaban a que terminara de adornarse el pelo con una flor morada que había recogido en el jardín. Luego, los tres caminaron dos cuadras por la calle París y doblaron a la izquierda en Allende. Tras caminar otras dos cuadras, llegaron a una inmensa casa azul.

—Increíble —dijo Paloma al acercarse a la esquina de Allende y Londres. Miró hacia la gran casa azul que ocupaba casi toda la cuadra—. Es de color azul brillante.

—Bienvenidas a la Casa Azul. ¡La casa de Frida Kahlo y su esposo, Diego Rivera! —exclamó el profesor Breton—. Dos de los mejores pintores mexicanos.

—Mamá, ¿podríamos pintar de azul nuestro apartamento? —preguntó Paloma.

—No creo que a nuestro casero le parezca apropiado, cariño —respondió su mamá.

—De todas formas, deberíamos hacerlo —insistió Paloma.

Su mamá sonrió y le pasó el brazo por los hombros.

Se podía escuchar la música que provenía del museo. A la entrada, de los carros descendían mujeres vestidas con chales de seda y hombres en trajes oscuros. Mientras contemplaba toda esa elegancia, Paloma se fijó en una mujer que estaba sentada en la acera, a solo unos pasos de la entrada. Frente a ella, había extendido un sarape multicolor cubierto de alhajas. La mujer parecía de la edad de su mamá. Llevaba su largo cabello negro recogido en un moño con una hebilla roja y un chal azul turquesa con flores sobre los hombros. Dos argollas de oro le colgaban de las orejas.

—Oye, jovencita, vendo hermosos anillos y collares, talismanes para calmar el espíritu y piedras para leer el futuro —le dijo la mujer a Paloma.

—¡Genial! ¡Es una adivina! —dijo la mamá de Paloma—. ¿Crees que deberíamos pedirle que nos lea el futuro?

Paloma solo había visto adivinos en los festivales renacentistas. Su mamá les pagaba veinte dólares para que le leyeran la mano, pero a ella nunca le había interesado aquello.

—Ni en sueños. He leído suficientes libros de Lulu Pennywhistle para saber que todos los adivinos son unos mentirosos —dijo Paloma escondiéndose detrás de su mamá y el profesor Breton.

—Oye, ¡mi reina! —la llamó de nuevo la mujer en cuanto Paloma volvió a asomar la cabeza.

—Esta noche no, ¡gracias! —dijo el profesor Breton.

La mujer asintió y dirigió su atención a otra pareja.

—Qué curioso —dijo el profesor Breton—. En las tardes, los vendedores ambulantes usualmente están en la plaza mayor. Esa mujer sabía que habría una fiesta aquí esta noche.

Paloma siguió al profesor y a su mamá, no sin antes echarle un último vistazo a la mujer que ahora hablaba por el celular.

"¿A quién se le ocurriría llamar a una adivina?", pensó Paloma.

Cuando entraron al museo, el profesor Breton las condujo al patio, que también estaba pintado de azul y decorado con grandes macetas y árboles adornados con estrellas plateadas que emitían luz. En el centro, una banda de mariachis tocaba una canción. Paloma había escuchado antes a un grupo de mariachis en una celebración del Cinco de Mayo, pero en aquella ocasión todos eran hombres vestidos con trajes negros y plateados. Estos eran diferentes. Los músicos eran mujeres de diferentes edades, vestidas con trajes de color morado con adornos dorados y muchos botones. Paloma sintió ganas de bailar, pero no comprendía ni una palabra de lo que cantaban.

El profesor Breton presentó a Paloma y a su mamá a todos sus conocidos. Después de saludar a al menos una docena de personas con las que no podía comunicarse en inglés, Paloma no pudo más y sacó el celular de la cartera.

—Guárdalo ahora mismo, *little bird* —le dijo su mamá.

—Pero, ¡mamá! No tengo nada que hacer ni nadie con quien hablar —dijo Paloma guardando el celular—. Y no hay nadie aquí de mi edad —añadió.

—¿Por qué no vas a ver a las mariachis? —preguntó su mamá—. Mira, allí en lo alto de la escalera hay una jovencita con una trompeta. Creo que va a tocar algo.

Paloma miró en la dirección que su mamá señalaba y vio a una chica con cintas moradas en las trenzas y una trompeta plateada en la mano. La chica le guiñó un ojo a un chico que llevaba un gorro negro tejido. Desde el banco donde estaba sentado, el chico le hizo un gesto con la mano levantando el pulgar. Ambos tenían el pelo oscuro y parecían de la misma edad. Paloma se preguntó si serían hermanos. Sería tan maravilloso tener un hermano. Si tuviese uno, no estaría tan aburrida.

Se sentó en un banco y escuchó la dulce melodía que la chica tocó con la trompeta. Cuando terminó, otra chica repitió desde el patio la misma melodía pero con una trompeta dorada. Era un tema triste que conmovió a Paloma. Le gustaba que, después de tocar, las trompetistas caminaran entre los invitados. A Paloma le pareció que se buscaban una a otra.

Quienquiera que hubiese compuesto esa música, probablemente se había inspirado en alguien que se había perdido. Alguien que se sentía como ella, en un lugar extraño, rodeada de adultos elegantes que solo hablaban español. Paloma siempre había deseado ser el tipo de persona capaz de entablar una conversación con cualquier desconocido. Lulu Pennywhistle era una experta en eso. Por eso era tan buen detective. Llegaba a un sitio y enseguida identificaba a la persona que le interesaba. En un segundo, todos reían a su alrededor, eran amables con ella y la invitaban a lugares como Aspen y el Valle de Napa.

Paloma miró hacia donde estaba su mamá. Como el resto de los invitados, escuchaba a las dos trompetistas, quienes tocaban ahora una al lado de a la otra. La dulce melodía arropaba la noche fresca como un sarape calentito. Además de la casa azul brillante, las mariachis era lo mejor que Paloma había visto desde su llegada a México.

Eso fue antes de que descubriera a un chico alto con el pelo castaño y los ojos azules que estaba parado al otro lado del patio. Llevaba un polo azul claro, pantalones crema y mocasines. Sus ojos se encontraron y el chico la saludó. Paloma se volvió. Como no vio a nadie, miró al chico y vio que le apuntaba con el dedo índice. Sintió que se sonrojaba. Al terminar la música, todos aplaudieron y el chico cruzó el patio hacia ella.

Paloma se enderezó en el banco y se tocó la flor morada que traía en el pelo para asegurarse de que estaba en su lugar.

—Hola, me llamo Tavo —dijo el chico extendiendo la mano.

De cerca, era el chico más apuesto que Paloma había visto. Trató de ignorar sus ojos y de concentrarse en hablar español. Le tomó una eternidad encontrar las palabras.

—No hablo español —dijo, levantándose para darle la mano.

—¿Eres de Estados Unidos? —preguntó Tavo, en inglés.

Paloma asintió y sonrió aliviada.

—¡Me lo imaginé! —dijo Tavo—. Yo voy a la escuela en Arizona, pero paso los veranos aquí o en Barcelona. ¿Cómo te llamas?

—Paloma. Vivo en Kansas.

—Y, ¿se puede saber qué haces aquí? —preguntó Tavo.

—Acompaño a mi mamá. La invitaron a estudiar en la universidad cuatro semanas —respondió Paloma.

—¿Cuatro semanas? El tiempo suficiente —dijo Tavo cruzando los brazos.

—¿Qué quieres decir? —preguntó Paloma—. ¿El tiempo suficiente para qué? ¿Para aprender español?

—Para conocerte.

—Ah... —dijo Paloma, y se arregló la flor que llevaba en el cabello. No sabía qué decir. Nadie le había dicho antes que deseaba conocerla—. ¿En qué grado estás? —preguntó.

—Primero de secundaria —dijo el chico—. ¿Y tú?

—Yo también.

Tavo detuvo a un mesero, tomó dos vasos de jugo de guanábana y le dio uno a Paloma. La chica saboreó el jugo.

—¿Qué es esto tan rico? —preguntó.

—Guanábana. ¿Te gusta? —dijo Tavo.

—¿Que si me gusta? Ahora mismo quisiera proponerle matrimonio. ¿Qué tipo de fruta es la guanábana? ¿Cómo no la venden en Kansas? Es deliciosa.

Tavo sonrió al escuchar cómo Paloma pronunciaba la palabra "guanábana".

—¿Te gusta Coyoacán? —preguntó.

—Me gusta este jugo —dijo Paloma.

—Y, ¿nada más? —dijo Tavo frunciendo el ceño.

Paloma se mordió el labio inferior. Esperaba no haberlo ofendido.

—Lo siento. Es mi primer día aquí y, hasta hace un momento, estaba aburridísima. No hablo español y el arte no me interesa. Aunque ese tema que tocaron las mariachis me pareció genial —explicó.

—Es genial. Se llama "El niño perdido" —dijo Tavo.

Paloma retrocedió. No podía creer que hubiera intuido que la canción tuviera algo que ver con perderse. ¿Estaría desarrollando el mismo poder de intuición que Lulu Pennywhistle?

—Me pareció muy dulce que las trompetistas se encontraran, como cuando un niño encuentra a su mamá —dijo.

—O cuando un chico solitario como yo encuentra a una chica aburrida como tú —dijo Tavo sonriendo.

El corazón de Paloma dio un vuelco.

"¿Es posible que sea un chico solitario? ¡No! Es demasiado lindo", pensó.

—Antes de que te mueras del aburrimiento, ¿te podría mostrar algo en el museo? —preguntó Tavo.

Paloma asintió y lo siguió. Su mamá, que estaba riendo junto al profesor Breton y una pareja muy elegante, la miró preocupada. Paloma tomó a Tavo por el brazo y lo llevó hasta donde ella estaba.

—Mamá, te presento a Tavo. Me va a enseñar algo en el museo —dijo.

—Encantada de conocerte, Tavo. Tus padres me estaban hablando de ti —dijo la mamá de Paloma mientras miraba de reojo a la pareja que estaba a su lado.

Paloma notó el parecido enseguida. El hombre tenía el pelo castaño, los ojos azules y el mentón bien definido, como Tavo.

—Sr. y Sra. Farill, les presento a mi hija —dijo la mamá de Paloma.

—Hola —dijo Paloma y, dirigiéndose a la mamá de Tavo, añadió—. ¡Guau! Usted parece una modelo.

—Fue Miss Barcelona —dijo el Sr. Farill dándole un beso en la mejilla a su esposa.

—Increíble —dijo Paloma.

De repente, Tavo se golpeó la frente con la palma de la mano.

—¡Un momento! Entonces, ¿usted es la profesora norteamericana que vino a estudiar en la universidad a través del programa que mi papá patrocina?

—¡Sí, señor! Yo misma. Gracias a la generosidad de tus padres, estudiaré literatura mexicana durante las próximas cuatro semanas.

Paloma puso los ojos en blanco.

—¡Qué aburrimiento! —dijo Tavo con una mueca de disgusto—. ¿Está segura de que les está agradecida?

La mamá de Paloma y los padres de Tavo se echaron a reír. Paloma no lo podía creer. Cada vez que le decía a su mamá que encontraba algo aburrido, tenía que escuchar un discurso.

—No hay nada que agradecer —concluyó el Sr. Farill—. Es un placer poder colaborar con los intercambios culturales y académicos.

Tavo fingió un bostezo y Paloma sonrió.

—Bueno, quisiera mostrarle a Paloma una pintura en el museo, ¿les parece bien? —dijo.

—Me parece bien —dijo la mamá de Paloma—. Me alegra que mi hija haya conocido a alguien de su edad.

Cuando se alejaban, Paloma escuchó a su mamá reír. Hacía mucho tiempo que su mamá no se reía tanto. En casa, se la pasaba trabajando y casi nunca salía, a no ser que se tratara de algún evento relacionado con su trabajo. Pensar que su mamá la estaba pasando bien la hizo sonreír.

Subió las escaleras detrás de Tavo, camino al estudio de Frida. En cuanto entraron, vio a la chica mariachi de la trompeta plateada y al chico del gorro negro de pie junto a una ventana que daba al patio. Estaban cuchicheando en español y, en cuanto los vieron, dejaron de hablar y se miraron asustados. Paloma lo notó y se preguntó de qué estarían hablando, pero Tavo no se dio por enterado.

—Como nuestros papás se conocen y vamos a pasar mucho tiempo juntos, deberías conocer a uno de mis pintores favoritos —dijo Tavo y señaló un cuadro en la pared—. Te presento a Frida Kahlo. La reina de los autorretratos.

Una vez más, Paloma se encontró cara a cara con el rostro de la pintora. La pintura se parecía a la del póster del aeropuerto, excepto que en esta no estaban ni el gato, ni el mono ni el colibrí negro que colgaba del collar. Frida llevaba un chal marrón y un collar de espinas alrededor del cuello. En la parte inferior del cuadro, había un mensaje escrito en español.

—Vi un autorretrato suyo en el aeropuerto —dijo Paloma—. Al principio pensé que se trataba del anuncio de un circo, por el mono.

Tavo sonrió. Por el rabillo del ojo, Paloma miró hacia la ventana. La chica limpiaba la trompeta con un paño mientras el chico vigilaba a algo o alguien en el patio. A Paloma le pareció tan apuesto como Tavo, aunque no se parecían. Además del gorro en la cabeza, llevaba una docena de brazaletes de piel en la muñeca y un par de cordones de cuero con medallas plateadas en el cuello. Unos cuantos pinceles y lápices se asomaban de uno de sus bolsillos traseros. ¿Sería pintor como Frida?

Paloma vio que el chico le susurraba algo a la chica mientras señalaba hacia el patio. La chica frunció el ceño. El chico se dio cuenta de que Paloma los miraba y le sonrió. Paloma sintió que el corazón le latía más de prisa. Quería decirles que le había gustado mucho el tema que habían tocado las mariachis, pero no sabía español y no estaba segura de que ellos hablaran o entendieran inglés.

—Cuando te conocí, me dijiste que estabas aburrida y sé a qué te refieres —dijo Tavo—. A veces, el arte puede ser muy aburrido, pero no el de Frida. Sus pinturas son increíbles. Algunas, hasta repugnantes, llenas de sangre por todos lados y gente lanzándose desde los edificios. Pero eso es lo que más me gusta de ellas. Frida reflejaba la cruda realidad en sus pinturas.

—Tavo se volteó y señaló una silla de ruedas que había detrás de ellos, frente a una pintura de melones—. Por ejemplo, Frida casi se muere cuando tenía dieciocho años.

—¿Qué le pasó?

—Venía de la escuela y el autobús en que viajaba tuvo un accidente. Pasó mucho tiempo en cama y entonces fue que comenzó a pintar.

Paloma miró la silla de ruedas y el autorretrato. Le hubiese gustado decir algo interesante para impresionar a Tavo, pero no podía quitarse de la mente el accidente de Frida. Pensó en su papá, que se había detenido en la carretera para ayudar a una pareja de ancianos. Era invierno y la carretera estaba resbalosa por el hielo. Su papá acababa de prestarle ayuda a la pareja cuando un carro lo arrolló. De haber sobrevivido, ¿habría necesitado una silla de ruedas o muletas por el resto de su vida, como Frida? Un escalofrío recorrió su cuerpo y los ojos se le llenaron de lágrimas. Necesitaba pensar en otra cosa y se puso a mirar los melones de la pintura. En uno de ellos, se leían las palabras "Viva la vida".

—¿"Viva la vida"? —dijo Paloma tocándole el brazo a Tavo—. ¿Qué quiere decir?

—Es una frase que se dice para celebrar la vida —respondió el chico—. Ésta es una de las últimas pinturas que Frida realizó.

—Viva la vida —repitió Paloma.

La frase le dio ánimo y borró su tristeza con la misma rapidez con la que había aparecido. Miró de nuevo el autorretrato y se concentró en la expresión de los ojos de Frida. No mostraban dolor, sino fortaleza, aun cuando llevaba al cuello un collar de espinas que le causaba pequeñas heridas. De una oreja, le colgaba un arete en forma de mano y, detrás, se veían hojas de un verde olivo intenso y un cielo parecido al de Kansas cuando estaba a punto de desatarse una tormenta, con vetas rosadas, blancas y grises.

—Pero, ¿por qué las espinas, el mensaje en español y las cejas tan gruesas? —dijo Paloma—. ¿Acaso en esa época no había pinzas de ceja?

La chica mariachi dejó escapar una risita y Paloma se volteó a mirarla. ¿Entendería inglés? Antes de que Paloma pudiera preguntarle, la chica le dijo algo en español al chico y ambos se voltearon hacia la ventana. Paloma se sintió como una tonta. Estaba rodeada de personas a las que no entendía y obras de arte aún más incomprensibles.

—Todo el mundo tiene sus propias opiniones sobre los cuadros de Frida —dijo Tavo—. Sé que estaba tratando de decirnos algo pero, a veces, no logro entender qué sería.

Paloma volvió a observar los ojos de Frida. Las cejas ya no le parecieron descuidadas o peludas. Ahora se le antojaban como las alas desplegadas de un pájaro que está a punto de volar. ¿Habría querido Frida salir volando?

—¿Has oído hablar de los libros de misterio de Lulu Pennywhistle?

—No me gustan mucho los libros de misterio —dijo Tavo, encogiéndose de hombros.

—Bueno, pues Lulu es increíble. Resuelve casos imposibles con unas pocas pistas. De alguna manera, eso es como interpretar un cuadro —dijo Paloma—. Los pintores dan pistas en sus obras y el público tiene que interpretarlas. Un collar de espinas no es simplemente un collar de espinas. Tiene algún significado. No sé exactamente cuál porque aún no sé mucho sobre Frida.

—Has hecho explotar mi cerebro —dijo Tavo, arqueando las cejas e imitando el sonido de una explosión.

—Bueno —dijo Paloma sonriendo—. Cálmate. No sé mucho de arte, pero me encantan los misterios.

Paloma oyó un susurro y miró hacia la ventana. La chica mariachi y el chico del gorro ya no parecían interesados en lo que ocurría en el patio. Ahora la miraban fijamente. Paloma se dio cuenta de que habían entendido todo lo que había dicho. Por eso la chica se había echado a reír cuando ella dijo lo de las pinzas de cejas. Además, estaban inclinados en la misma posición que ella e Isha adoptaban en la escuela para escuchar mejor las conversaciones de los maestros en el comedor. Pero, ¿por qué estarían de pronto tan interesados en lo que decía? Trató de concentrarse en el cuadro de Frida.

—No estoy segura —comenzó a decir Paloma—, pero me parece que nos está diciendo que seamos auténticos.

Entonces, el chico agarró a la chica mariachi de la mano y salieron con prisa del estudio. Tavo se volteó para verlos salir, como si no hubiese notado su presencia hasta ese momento.

—Estaban apurados —dijo.

Paloma frunció las cejas. Había perdido la oportunidad de decirle a la chica mariachi que le encantó el tema que había tocado, ¿cómo se llamaba? ¿"El niño perdido"?

—Y dices que no sabes nada de arte —le dijo Tavo a Paloma.

—Contigo el arte no es tan aburrido —dijo Paloma encogiéndose de hombros.

Y pensó, sin decirlo, que con él las cuatro semanas en México tampoco serían aburridas.

Capítulo 4

No se lo digas a nadie

Paloma se recostó a su madre y miró el patio del museo, lleno de plantas exóticas y esculturas. Los meseros recogían los vasos y las mariachis empacaban sus instrumentos. Aún quedaban personas despidiéndose. Desde que Tavo se había ido con sus padres, una hora antes, Paloma no paraba de bostezar. Al despedirse, los padres de Tavo habían invitado a Paloma y a su mamá a cenar en su casa. Paloma estaba ansiosa por volver a ver a Tavo. Pensó que su primer día en Coyoacán no había sido tan horrible como había temido. Se había puesto una flor morada en el pelo, había conocido a un chico simpático, había aprendido sobre Frida Kahlo y había escuchado a las mariachis. Estaba exhausta.

—Imagínate, Paloma, que Frida Kahlo hacía fiestas

fabulosas con actores, músicos y artistas famosos en este mismo lugar —le dijo su mamá pasándole el brazo por encima de los hombros—. ¿No es fascinante?

—Si tú lo dices —respondió Paloma, bostezando y restregándose los ojos.

Cuando volvió a abrirlos, la chica mariachi y el chico que la acompañaba estaban frente a ella.

—Paloma, ¿te presentaron a Gael y Lizzie Castillo? —le preguntó su mamá.

Lizzie sonrió, se acercó a Paloma y le dio un beso en la mejilla.

—Bienvenida a México —dijo en inglés, con un ligero acento.

Gael se acercó a Paloma y también la saludó con un beso en la mejilla. Paloma se echó hacia atrás, sorprendida. En Kansas, los chicos no saludaban a las chicas con besos. Sobre todo, si tenían una sonrisa encantadora.

—Gael y Lizzie hablan inglés muy bien y tienen más o menos tu misma edad. Doce, ¿verdad? —dijo la mamá de Paloma.

—Sí. Lizzie es mi hermana, veinte minutos mayor, y por eso piensa que me puede mandar —dijo Gael dándole un suave codazo a su hermana.

Lizzie puso los ojos en blanco.

—¿Tú no tienes hermanos menores insoportables? —preguntó.

—No, soy hija única. Somos mi mamá y yo —respondió Paloma.

La mamá de Paloma le dio un beso en la frente.

—¡Mamá! —se quejó Paloma.

Lizzie y Gael sonrieron.

—Disculpa, *little bird*. Bueno, Lizzie y Gael están en el programa de idiomas de la universidad. Te van a ayudar con el español. ¿No te parece genial?

—Gracias —dijo Paloma, asintiendo—. Voy a necesitar toda la ayuda que me puedan dar.

—Y, al mismo tiempo, tú los puedes ayudar a ellos con el inglés. Aunque su inglés es muy bueno, los dos quieren practicar inglés conversacional.

—Conversacio... ¿qué? Mamá, deja de hablar como una profesora —dijo Paloma.

—Conversaciones informales, charlas, ¿entiendes? —explicó su mamá.

—Tengo que practicar mi inglés porque algún día iré a Nueva York a inaugurar mi propia exposición. Tú y yo podemos establecer un intercambio. No sé cómo se dice eso en inglés —dijo Gael.

—No te preocupes, yo tampoco, pero entiendo lo que quieres decir —dijo Paloma entre risas. Luego, se volvió hacia Lizzie—. Ese tema que tocaste... con la otra chica trompetista, es precioso. Me encantó —añadió tratando de suprimir un bostezo que, de todas maneras, se le escapó—. Disculpa —dijo, apenada.

—No te preocupes —dijo Lizzie—, yo también estoy muy cansada.

—¿Nos vamos? —preguntó la mamá de Paloma y le acarició la cabeza a su hija—. Mira, se te cayó la flor.

Paloma se palpó la cabeza.

—¡Ay, no! Me encantaba esa flor. Quería guardarla como un recuerdo de mi primera noche aquí —dijo, y entonces vio la flor en el suelo, junto a una maceta grande.

Paloma y Gael corrieron a recogerla, pero el chico la alcanzó primero y se la dio a Paloma.

—Tu recuerdo está a salvo —dijo.

—Gracias —dijo Paloma, sonriendo y tomando la flor. Pero, además de la flor, notó que el chico le entregó un papelito doblado.

—Hasta luego, Paloma —dijo Gael en español.

Entonces, se alejó con Lizzie, sin darle tiempo a Paloma a preguntarle qué significaba aquel papel. La chica lo miró por un momento y lo guardó en su cartera, junto a la flor morada.

De regreso a la casa donde se hospedaban, Paloma caminó de prisa, pese a que su mamá se quejaba de que le dolían los pies. Quería llegar lo antes posible para leer la nota a solas. ¿Qué diría?

Tan pronto llegó, se quitó los zapatos y se fue a su habitación. Se acostó en la cama y abrió el papel. Lo primero que vio fue el dibujo de un ojo.

"Qué raro", pensó.

La nota decía:

Querida Paloma:

En la Casa Azul ha tenido lugar una gran injusticia. Frida Kahlo y el pueblo de México necesitan de tu ayuda para resolver el misterio y hacer justicia. ¿Nos puedes ayudar? No le digas a nadie que has recibido esta nota. Es un asunto de vida o muerte. Pronto volveremos a estar en contacto.

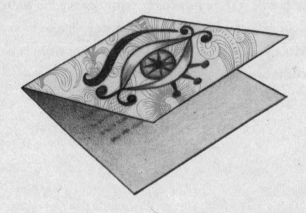

¿Era una broma? Paloma se mordió la uña del dedo pulgar y consideró las opciones que tenía. ¿Debía decírselo a su mamá? ¿Mostrarle la nota? Pero decía: "No le digas a nadie... Es un asunto de vida o muerte". ¿La vida de quién? ¿La muerte de quién? Leyó la nota nuevamente y se detuvo en la última oración: "Pronto volveremos a estar en contacto".

¿Quiénes? ¿Pertenecían Gael y Lizzie a una organización secreta? ¿Por qué creían que ella los podía ayudar?

En situaciones como esa, la valerosa detective Lulu

Pennywhistle cruzaba los brazos y decía "¿qué jugarreta es esta?" antes de salir a resolver el misterio. Pero Paloma no era Lulu.

—No puedo —dijo Paloma—. Ni modo.

Abrió su caja de recuerdos y puso la flor morada medio marchita sobre las tarjetas y fotos de su papá.

Lulu Pennywhistle siempre ayudaba a todo el que lo necesitaba. Sobre todo, en situaciones de "vida o muerte". Pero Paloma sabía que la vida real era más complicada. Pensó en su padre y recordó que ayudar a otros a veces podía ser peligroso.

—Mejor le dejo los misterios a Lulu —dijo, y tiró la nota al cesto de la basura.

Capítulo 5

Una jugarreta

Frente al museo de la Casa Azul, Paloma se dirigió a la adivina.

—Siéntate. Vamos a hablar —le dijo la adivina haciéndole un gesto para que se acercara.

Paloma se sentó frente a ella. Sobre la manta que tenía delante, había hermosos aretes plateados con forma de pájaro y collares de cuentas con grandes gemas. Paloma quería tocarlas todas, pues nunca había visto alhajas como aquellas. Cada piedra refulgía. Cada gema relumbraba. Cada joya de plata centellaba. Cuando la mujer levantó la cabeza, no era la adivina. Era la mujer de los cuadros. Era Frida Kahlo.

—Eres tú —susurró Paloma—. ¿Cómo es posible?

—Quería conversar contigo porque me pareces una chica

interesante —dijo Frida, mientras tomaba un anillo de jade de la manta, lo inspeccionaba y lo volvía a poner en su lugar.

Llevaba una blusa roja, una larga falda floreada, un adorno de flores amarillas y anaranjadas en el pelo y un collar de grandes cuentas de coral. De sus orejas colgaban dos pequeños aretes en forma de mano. Paloma se dio cuenta de que había visto aquellos aretes antes, pero, ¿dónde?

—¿Estoy soñando? —preguntó.

Frida tomó una piedra roja de forma ovalada, la miró y la volvió a poner sobre la manta.

—Sí —contestó Frida y clavó su intensa mirada en los ojos soñolientos de Paloma, mientras tomaba unos aretes de turquesa para examinarlos.

Paloma bajó la vista y observó un collar con un colibrí negro pulido. No pudo contener el impulso de pasar sus dedos sobre él.

—Tienes tantas cosas hermosas. ¿Estás buscando algo para ponerte? —preguntó, mientras Frida volvía a poner los aretes de turquesa sobre la manta y agarraba una larga sarta de cuentas—. ¿Te puedo ayudar a buscarlo?

—Lo que se perdió, perdido está —respondió Frida sonriendo y encogiéndose de hombros.

Paloma negó con la cabeza.

—¿Qué quieres decir? ¿Qué has perdido?

—Es cierto que he perdido algo... —dijo Frida, poniéndose un chal azul celeste sobre los hombros—. Pero tú también has perdido algo, Paloma —añadió mientras la miraba con ternura—. Ojalá lo encuentres en mi bella ciudad.

—Mi bella ciudad —murmuró Paloma despertándose.

Se apartó la máscara morada con que dormía para comprobar que no estaba en la extraña acera conversando con una artista mexicana muerta, sino en su habitación de paredes amarillas. Le echó un vistazo al reloj, se quitó la cobija de encima, se levantó y sacó la nota del cesto de la basura.

Frida había sido un sueño. La nota, no.

La puerta de la habitación se abrió con un chirrido y su mamá asomó la cabeza.

—Qué bueno que estás despierta. Tenemos visita. Nos trajeron...

—¿Visita? ¿Es Tavo? —preguntó Paloma.

—No. Son Gael y Lizzie. Vinieron a practicar español, lo cual me parece perfecto —dijo la mamá de Paloma, contenta.

Paloma entrecerró los ojos.

—¿Cómo supieron que nos hospedamos aquí? —preguntó poniéndose una sudadera morada con capucha sobre el pijama—. ¿No te parece extraño?

—Para nada. Cuando me dijeron que estaban en el programa de idiomas del profesor Breton, les di nuestra dirección para que vinieran y comenzaran el intercambio. No pensé que vendrían tan pronto, pero me encanta su entusiasmo. A lo mejor se te pega.

Paloma hizo una mueca de disgusto. No confiaba en nadie

que se apareciera en su casa antes de las nueve de la mañana, mucho menos en alguien que le entregara una nota anunciando un supuesto "misterio". ¿Qué jugarreta era esta?

—Trajeron panes dulces mexicanos. Apúrate y sal a verlos. Es de mala educación hacer esperar a los amigos.

—¿Amigos? Los conocí anoche —dijo Paloma y apretó la nota entre sus manos.

Su mamá entró a la habitación, cerró la puerta y cruzó los brazos.

—Anoche parecías muy contenta con ellos. ¿A qué viene este cambio de actitud? Son chicos agradables que te van a ayudar a aprender español —dijo.

Paloma sentía que la nota le quemaba la mano. ¿Acaso unos "chicos agradables" le entregarían a alguien una nota sobre un asunto "de vida o muerte" y le pedirían a esa persona que no se lo contara a nadie? A Paloma le parecía que no. Alzó la mano, pero se detuvo. Mostrarle la nota a su mamá iba contra el código de ética de Lulu Pennywhistle. Lulu nunca le contaba sus casos a un adulto, a menos que no tuviese más remedio.

—Es que apenas los conozco —dijo Paloma.

—Estás en México. No conoces a nadie aquí. Esta es tu oportunidad para hacer nuevos amigos y aprender español —respondió la mamá, encogiéndose de hombros—. Piénsalo. Tienes la oportunidad de aprender cómo hablan realmente los mexicanos en vez de limitarte a lo que enseñan en la escuela. ¡Será muy divertido!

—¿Divertido? Eso no tiene nada de divertido —protestó Paloma—. Aprender un nuevo idioma no es divertido.

—Tu papá hablaba español e inglés fluidamente. Eres su hija. Si él pudo aprender otra lengua, tú también puedes hacerlo —dijo la mamá, arqueando las cejas.

Paloma sabía que su mamá tenía razón.

—Está bien, voy a practicar español con ellos —dijo, y apretó aún más la nota.

—Perfecto. Vístete y sal a saludarlos —respondió la mamá, saliendo de la habitación y cerrando la puerta.

Paloma lanzó la nota sobre el tocador, se miró al espejo y frunció el ceño. Luego, se peinó su lacio cabello castaño y se acomodó un mechón sobre la cara.

Ante el peligro, Lulu Pennywhistle siempre veía el lado positivo de las cosas. Paloma intentó pensar en lo positivo de la visita de Gael. Por ejemplo, aclararía sus dudas. No se le entrega una nota sobre "una gran injusticia" a una chica y se espera que ella lo deje todo para correr a ayudar.

Paloma se metió la nota en el bolsillo de la sudadera, junto con algunas tarjetas en blanco, y fue a la cocina. Gael le estaba haciendo un cuento a su mamá en inglés.

—Entonces, mi papá, que es un gran artista, les dijo a los de Nueva York que no había manera de que él pudiera...

Al ver a Paloma, se detuvo en mitad de la frase. Él y Lizzie se pusieron de pie y le dieron un beso en la mejilla

—¡Buenos días, Paloma! —dijo Gael—. Ahora te toca a ti.

Paloma se quedó helada.

—¿Me toca qué? —dijo.

La mamá de Paloma le dijo algo con los labios.

—¡Oh! Buenos días —dijo Paloma, en español, y se sentó.

Gael y Lizzie aplaudieron. Entonces, la conversación continuó, a veces en inglés y a veces en español.

—Muy pronto estarás hablando español fluidamente —dijo Gael y le hizo un guiño.

Paloma lo miró con desconfianza.

—Bueno, espero poder conocer a tu papá algún día —dijo la mamá de Paloma—. Admiro mucho a los artistas.

—Regresará dentro de unas semanas —dijo Gael—. Se fue por poco tiempo.

Paloma notó que Lizzie miraba a Gael de una manera extraña. No estaba segura de cómo interpretarla. Observó a Gael con atención, pero él no parecía darse cuenta de nada. Entre bocados de pan dulce y sorbos de jugo, siguió contando la historia del viaje de su papá a Nueva York. Su inglés tenía un ligero acento que a la mayoría de las chicas les parecería encantador, pero ella había leído suficientes libros de misterio para no dejarse engañar por unos bellos hoyuelos y un acento adorable.

—¿Cómo aprendiste a hablar inglés tan bien? —preguntó.

—¿De veras crees que lo hablo bien? Muchas gracias. En serio, me haces feliz con eso —dijo Gael, encantado.

Paloma lo miró intrigada, pero él no respondió su pregunta.

Lizzie se aclaró la garganta.

—Nuestra mamá era maestra de inglés —explicó, mirando a su hermano—. Lo hablamos en casa.

—Y escuchamos mucha música en inglés y vemos todas las películas de Hollywood —añadió Gael.

El chico comenzó a cantar una canción en inglés que Paloma había escuchado en la radio. Su mamá se unió a cantar con él, pero ella se hundió en la silla, avergonzada. Mientras Gael cantaba, tomaba notas mentales sobre él. El gorro negro le cubría el cabello, también negro, que le llegaba hasta el mentón. Sus ojos eran de color marrón claro. Llevaba *jeans*, una camiseta de mangas largas y dos medallas plateadas, las mismas de la noche anterior. Debían de ser muy importantes para él si las usaba todos los días.

Cuando terminó de cantar, comenzó a hablar sin parar sobre la obra de su papá. De vez en cuando, se detenía tratando de hallar la palabra precisa en inglés. Entonces, Lizzie intervenía para ayudarlo. Por lo demás, la chica se mantenía en silencio.

Paloma observó a Lizzie, quien llevaba una camisa roja de cuadros sobre mallas y zapatos bajos de color negro. Tenía el pelo castaño oscuro recogido en un moño y de su cuello colgaba un pequeño crucifijo de oro. Llegó a la conclusión de que Lizzie era la más sensata de los dos hermanos. La sensatez era algo de lo que Gael carecía. Ninguna persona sensata le pediría ayuda a una desconocida entregándole un mensaje secreto.

Por fin, Paloma no pudo aguantar más la charla de la mesa del desayuno. Quería respuestas.

—Estoy lista para practicar español —interrumpió a Gael.

—¿De veras? —preguntó su mamá.

—Sí, empecemos —dijo Paloma. Su puso de pie y colocó la silla de vuelta en su lugar—. Solo tengo cuatro semanas para aprender el idioma.

Paloma salió al patio. Gael y Lizzie la siguieron. En el patio, Gael sacó unas tarjetas de notas del bolsillo trasero del pantalón. Eran como las que usaba Paloma para anotar sus recuerdos.

—¿Para qué son? —preguntó Paloma—. Tengo tarjetas como esas.

—Las podemos usar para anotar las palabras nuevas en inglés y español —dijo Gael—. ¿Para qué usas tú las tuyas?

Paloma jugueteó con las tarjetas que tenía en el bolsillo de la sudadera. Siempre las llevaba para anotar cualquier recuerdo que su mamá le contara sobre su papá, pero no le iba a decir eso a Gael. No era asunto suyo. Miró hacia la casa, ignorando la pregunta. Su mamá recogía los platos en la cocina y no podía oírlos.

—Bien, acabemos con la farsa —dijo Paloma imitando a Lulu Pennywhistle—. Sé que no viniste a practicar español. Leí la nota.

—Sí, la nota... —repitió Gael, en voz baja.

—¿Sabes que tu hermano me pasó una nota sobre un asunto de vida o muerte? —le preguntó a Lizzie, enseñándosela.

Los chicos conversaban en inglés y español. Lizzie no parecía segura de lo que acababa de decir Paloma.

—En esta nota loquísima dice que se cometió una gran injusticia en la Casa Azul —continuó Paloma.

Lizzie leyó la nota y se la pasó a Gael, quien parecía divertirse con el asunto.

—Por culpa de esa nota, anoche tuve un sueño rarísimo con Frida Kahlo —añadió Paloma, mirando con atención a Lizzie—. ¿Sabías lo de la nota o no?

—Sí, yo le dije que era una locura meterte en este lío porque tú no eres de aquí, pero él insistió en que nos podías ayudar —dijo Lizzie—. Personalmente, no creo que tengas el valor de ayudarnos.

—¿Qué? ¿Qué quieres decir? —preguntó Paloma—. Quiero que sepas que tengo mucho valor. He venido a México, ¿no?

—Ay, ¡qué valor! —dijo Gael.

Paloma no estaba segura de si Gael se estaba burlando de ella. Eso de comunicarse en dos idiomas era un poco complicado. Lizzie puso los ojos en blanco.

—Te dije que no debíamos meterla en esto —le dijo a su hermano—. No es de aquí. Está acostumbrada a la vida sencilla de una granja en Kansas, no a resolver grandes misterios.

—¡Oye! —protestó Paloma—. No vivo en una granja. Vivo en un apartamento cerca de un inmenso centro comercial que tiene restaurantes de sushi, de comida china y pizzerías.

—Superman se crio en una granja en Kansas, Lizzie. Y no hay nadie más valiente que él —le dijo Gael a su hermana—. Ella puede ayudarnos —añadió, suplicante.

Paloma se llevó las manos a la cabeza. Estaba empezando a perder la paciencia.

—¡Por última vez! ¡Yo no vivo en una granja! Y, ¿saben qué? Soy yo la que decidirá si me quiero meter en este lío o no —dijo, y cruzó los brazos—. Ahora bien, ¿me podrían explicar cuál es la supuesta injusticia que se ha cometido?

Gael haló una de las sillas del patio para que Paloma se sentara.

—Te lo contaré todo, pero debes sentarte —dijo.

Capítulo 6

El cuento del anillo
del pavo real desaparecido

—El misterio tiene su origen en 1954 —comenzó Gael—, el año en que murió Frida Kahlo.

Paloma estaba sentada al lado del chico, en la mesa del patio que tenía el mantel verde claro y sillas con cojines del mismo color. Lizzie, que parecía molesta, estaba sentada frente a ella.

—Pero, para nosotros, el misterio comenzó hace dos semanas, cuando nuestro papá viajó a Nueva York —continuó Gael—. Poco antes de irse, lo escuchamos hablar por teléfono con un amigo sobre un anillo en forma de pavo real que había diseñado la gran pintora Frida Kahlo. A ella le encantaban los pavos reales y diseñó el anillo para regalárselo a sí misma el día de su cumpleaños.

—En esa época, Frida estaba muy enferma —añadió Lizzie.

Paloma recordó la silla de ruedas que había visto en el estudio de Frida la noche anterior.

—Se tenía que pasar el día en cama. Sabía que le quedaban pocos días de vida —continuó Lizzie. Su voz tenía ahora un tono tan triste que a Paloma se le puso la piel de gallina—. Su esposo, el pintor Diego Rivera, le regaló las piedras y la ayudó a hacer el anillo, pues ella estaba muy enferma. Pero, tras su muerte, el anillo desapareció —agregó la chica.

—¿Desapareció? ¿Cómo? —preguntó Paloma.

—Ese es el misterio. Nadie sabe. Cuando Frida murió, Diego quedó destruido. Dijo que aquel había sido el peor día de su vida. Guardó algunas de las joyas y ropa de Frida bajo llave en un cuarto secreto de la Casa Azul y no dejó a nadie entrar allí.

—¿Por qué?

—No sé. Poco antes de su muerte, Diego le pidió a una amiga íntima llamada Dolores que mantuviera el cuarto cerrado con llave. Así estuvo hasta que Dolores murió en 2002. Dos años después, hallaron una nota escrita por Dolores que revelaba dónde estaba el cuarto. Entonces, el museo lo abrió.

Paloma sacó la cuenta mentalmente y se le cortó el aliento.

—Pero, ¡pasaron como cincuenta años! No entiendo. ¿A qué le temía tanto Diego que quiso que las joyas de Frida estuvieran encerradas tanto tiempo?

—Buena pregunta —dijo Gael.

—Quizás quería protegerlas y conservarlas para el pueblo de México —dijo Lizzie—. Frida era muy mexicana.

—Muy mexicana —repitió Paloma en español.

Le gustó tanto el sonido de esa frase que sacó una de sus tarjetas y la anotó.

—Diego había hecho una lista de todas las cosas que había guardado en el cuarto. El anillo en forma de pavo real debía estar ahí, pero nadie lo encontró.

Gael le dio una tarjeta a Paloma.

—Mira, lo he dibujado para ti. El anillo del pavo real tiene un valor especial porque Frida lo diseñó ella misma. Cuando Diego lo hizo, usó esmeraldas legítimas que se dice que pertenecieron a Cuauhtémoc, el último emperador azteca, y zafiros azules que alguna vez usaron las hijas de Cuauhtémoc. La plata era de las minas de Taxco.

Paloma observó el dibujo. Tuvo que admitir que el chico era muy buen dibujante. Si el anillo estaba realmente hecho de esmeraldas y zafiros, probablemente valdría millones.

—Es una historia muy interesante, pero no me parece nada "de vida o muerte", ¿saben? —dijo Paloma.

—Pero, ¿no crees que se trata de una gran injusticia? —preguntó Gael—. El anillo le pertenecía a Frida, a México. Si lo hallamos, ¡nos darán una recompensa! Y serás famosa en México, Paloma. Sobre todo, si lo encontramos antes del cumpleaños de Frida, que es el 6 de julio. Ese día habrá una gran fiesta en la Casa Azul y podríamos mostrarles el anillo a todos. Eso sería buenísimo, ¿no crees?

Paloma observó el dibujo del anillo. Faltaban dos semanas para el 6 de julio. No había mucho tiempo.

—Entonces, ¿quieren hallar el anillo para recibir una gran recompensa?

—Una recompensa enorme. ¿No te parece genial? —dijo Gael.

Paloma frunció el ceño. Lulu Pennywhistle no investigaba casos para recibir recompensas. Solo quería hacer justicia. No le importaba ser famosa ni el dinero.

—En realidad, queremos hallarlo para devolverlo a la Casa Azul —dijo Lizzie, que había notado la expresión de duda en el rostro de Paloma—. Frida fue quien lo diseñó. Debe estar en el museo con el resto de su obra.

Paloma asintió. Esa sí era una razón que hubiese motivado a Lulu Pennywhistle. Pero, ¿cómo los podría ayudar ella? Ni siquiera hablaba español. No sabía nada de arte ni sobre Frida Kahlo. Frunció el ceño y negó con la cabeza.

—¿Ves? No está interesada en ayudarnos. Te lo dije, hermano —dijo Lizzie y se recostó en la silla—. Ella es como su nombre, una paloma que viene a picotear unas migajas de diversión antes de levantar el vuelo de regreso a Kansas y a su inmenso centro comercial.

—¿Qué quiere decir que soy una paloma que picotea migajas, como mi nombre?

Gael dejó escapar una risita nerviosa.

—Ella quiso decir que tu nombre, en español, es como llamamos a esos pájaros que comen migajas y sobras de comida en los parques y plazas.

Paloma hizo una mueca de disgusto. Lizzie acababa de compararla con las palomas que comen sobras de comida.

Ella sabía muy bien lo que significaba su nombre en español. Las palomas representaban la paz y el amor. En la boda de un primo, los novios habían soltado unas palomas blancas al final de la ceremonia. Ese era el tipo de paloma que su nombre representaba. Pacífica. Amorosa. No las palomas corrientes que comen sobras de comida. ¿O acaso su mamá la había engañado todos estos años?

—Miren, yo no soy de aquí —dijo Paloma. Tan pronto pronunció aquellas palabras, se sintió culpable. Su padre era de México. Y si él era mexicano... ¿eso no la hacía a ella, indirectamente, mexicana? Se levantó de la silla—. Y mi mamá me inscribió en los cursos de verano. No tengo mucho tiempo libre. Siento no poder ayudarlos.

Gael hizo una mueca.

—No necesitamos tu ayuda, Kansas —dijo Lizzie y recogió su bolso de la mesa del patio antes de entrar de prisa a la casa. Adentro, se detuvo a esperar a su hermano. El chico recogió sus tarjetas y se levantó de la silla para marcharse. Parecía dudar.

—Si cambias de opinión, nos puedes encontrar en el carrito de churros de mi tía junto a la Fuente de los Coyotes —dijo.

—No voy a cambiar de opinión.

Entonces, Gael le sonrió y se le acercó.

—¿Quieres saber por qué pensé que nos podías ayudar?

Paloma bajó la vista y se puso a mirarse las sandalias para evitar encontrarse con la mirada triste y romántica del chico.

—Porque la noche de la recepción tenías una flor morada en el pelo y pensé que eso era algo que Frida hubiera hecho —dijo Gael.

Paloma levantó la vista. ¿Por qué quería hacerla sentir culpable? Apenas se conocían.

—Luego, te oí decirle a Tavo Farill que creías que Frida quería que "fuéramos auténticos". Yo pienso lo mismo —añadió Gael inclinándose hacia Paloma y dándole un beso en la mejilla—. Nos vemos, Paloma.

Capítulo 7

Valor

Desde la ventana de la sala de la casa donde se hospedaban, Paloma vio a Gael y a Lizzie salir por el portón.

—¿Qué diablos quiere decir "nos vemos" en español? —preguntó en voz alta.

—¿Qué, mi niña? —preguntó su mamá, quien trabajaba en la computadora.

—¿Qué significa "nos vemos"?

—Lo mismo que *"see you around"* en inglés —respondió la mamá de Paloma—. ¿Todo marcha bien? Gael y Lizzie se fueron muy rápido.

—Hablamos un poco en inglés y en español y sobre lo que significa tener "valor" —dijo Paloma acercándose a su mamá.

En la pantalla, vio una foto de su papá sentado en la cima de la Pirámide del Sol en Teotihuacán, México. A su alrededor, se veía un cielo muy azul con algunas nubes que parecían de algodón. La mamá de Paloma pulsó un botón y la impresora comenzó a zumbar. Paloma observó cómo se imprimía la foto y deseó que fuera así de fácil revivir los recuerdos de su padre.

—Esperaba que te tomaras más en serio esta oportunidad que se nos ha presentado de estar en México —dijo la mamá de Paloma.

—Mamá, son mis vacaciones de verano. Lo lógico sería que estuviese en la alberca con mis amigos, no aquí tratando de aprovechar esta oportunidad —dijo Paloma.

—Está bien. —Su mamá alzó las manos, como si se rindiera—. Solo esperaba que disfrutaras conocer nuevos lugares, hacer nuevos amigos y aprender español.

—Oh, y hablando del español. ¿De quién fue la idea de ponerme el nombre de un pájaro que come sobras de comida? ¿Tuya o de papá?

La mamá de Paloma se echó a reír, pero a su hija no le parecía divertido.

—¿De qué hablas? Te pusimos el nombre de un ave bellísima —dijo la mamá de Paloma.

—Bueno, pues me parece que hay una pequeña confusión. Resulta que en inglés decimos "dove" cuando hablamos de la paloma de la paz y "pigeon" cuando hablamos de esos pajarracos que hacen caca en las estatuas de las plazas, pero en español se utiliza una sola palabra para ambos: paloma. Así que me llamo como los pajarracos. Gael y Lizzie me lo dijeron. Fue un intercambio muy revelador. Muchas gracias —dijo Paloma.

—No —dijo su mamá negando con la cabeza—, te pusimos el nombre de una bella ave. Alcánzame ese marco plateado.

Paloma miró a su alrededor y vio un marco vacío en uno de los estantes de libros. Se lo alcanzó a su mamá y se sentó en el sofá.

—¿Qué estás haciendo?

—Esta mañana me desperté, me puse a mirar a mi alrededor y me pareció que sería bueno poner algunas fotos de tu padre en esta casa. Él siempre quiso traernos a México cuando tú tuvieras edad suficiente para apreciar las cosas, pero...

La mamá de Paloma se detuvo, pero Paloma no se extrañó. Estaba acostumbrada. Conocía muy bien el final de esa oración que siempre se quedaba a la mitad. ¿Adónde iban a parar esas palabras? Ese era otro misterio.

Su mamá puso la foto en el marco y lo colocó encima del estante, al lado de un florero con lirios.

—Estar en México, aunque solo llevemos un día, me trae muchos recuerdos de tu padre. Cosas en las que no había pensado en años —dijo y se quitó un anillo para dárselo a su hija—. Como mi anillo de bodas. Tu abuela se lo dio a tu papá poco antes de morir. Es de ópalo rojo mexicano.

—¿La mamá de papá? ¿Tú la conociste?

—No —respondió la mamá de Paloma—. Tus abuelos paternos murieron antes de que yo conociera a tu padre.

Paloma tocó la superficie fría y pulida de la gema roja. Había tocado aquel anillo muchas veces. Sabía que era de ópalo rojo, pero su mamá nunca le había dicho que era un regalo de aquella abuela a la que nunca conoció. Se preguntó cuántos otros secretos mexicanos le serían revelados durante las próximas cuatro semanas. Se puso el anillo en el dedo índice, pero le quedaba grande. Tendría que crecer mucho más antes de que le sirviera.

—Tengo que anotar eso —dijo Paloma y sacó una tarjeta en blanco y un bolígrafo—. Anillo. Ópalo rojo. Abuela mexicana. Ya está. Sigue.

—Algún día será tuyo.

Paloma dejó de escribir. Las palabras de su madre resonaban en sus oídos. Puso la tarjeta y el bolígrafo a un lado. Había escuchado cien veces la historia de cómo su papá le propuso matrimonio, pero ahora quería volver a escucharla.

—¿Mamá? —dijo Paloma con un dejo de añoranza que su mamá conocía bien.

—¿El cuento de nuevo? ¿No te cansas de oírlo?

Paloma negó con la cabeza.

—Todas mis amigas decían que tu papá me propondría matrimonio el día de mi graduación —comenzó a contar la mamá de Paloma. Era una historia que ambas se sabían de memoria—. Habíamos estado saliendo durante dos años. Pero el día de la graduación no hubo anillo ni propuesta de matrimonio. Me puse muy triste. Pensé que ya no quería casarse conmigo y...

—Después de la gran cena con los abuelos, Nana y papá...
Vamos, cuenta la parte buena.

—Uno no puede saltarse escenas en un buen cuento,
jovencita.

La chica dejó escapar un suspiro.

—Esa noche, después de la cena en casa de mis padres, tu
papá se fue y yo me quedé muy triste porque no me había propuesto matrimonio. Mi mamá y yo nos sentamos a conversar
sobre eso. De pronto, escuché unas guitarras afuera de la casa
y unos chillidos como los que hacen los búhos cuando están en
celo. Era pasada la medianoche. Salí al porche y vi a dos hombres con guitarras y a tu padre con un ramo de rosas rojas,
cantando... totalmente desafinado. Los perros de la calle
habían comenzado a aullar. Creo que hasta se había disparado
la alarma de un carro.

Paloma comenzó a reír. Esa era su parte preferida. Saber que
su padre tenía una voz terrible igual que ella. Una vez, en la clase
de coro, la maestra le pidió que simulara cantar con el resto de
los niños, pero sin emitir ningún sonido. Isha y Kate siempre
se lo recordaban.

—Cantaba muy mal, pero fue la noche más maravillosa de
mi vida porque tu papá se hincó en una rodilla, sacó un estuche
con este bello anillo de ópalo rojo en su interior y me propuso
matrimonio. El resto es historia. ¡Fin!

Paloma comenzó a aplaudir y su mamá le dio un beso en
la cabeza.

—Estás loca, ¿sabes? ¿Por qué siempre quieres escuchar ese cuento?

—Porque me gusta oír que él también cantaba mal. Y me encanta la historia del anillo, es un recuerdo que yo puedo tocar con mis manos que él antes había tocado con las suyas —contestó Paloma y le devolvió el anillo a su mamá.

Su mamá apartó el rostro como si temiera echarse a llorar. Paloma a veces sentía que hacerle tantas preguntas sobre su papá era duro para su mamá, pero ella le decía que sería mucho peor si Paloma un día dejaba de preguntar por él. En momentos así, había aprendido a darle tiempo a su mamá para calmarse.

Mientras estaban en silencio, Paloma se entretuvo mirando por la ventana. Un colibrí revoloteaba sobre un naranjo frente a la casa. Lulu Pennywhistle decía, en broma, que los colibríes tarareaban porque no se sabían ninguna canción. El colibrí también la hizo recordar el póster de Frida Kahlo que vio en el aeropuerto, en el que la pintora tenía un collar del que colgaba un colibrí. Tras unos segundos, su mamá volvió al teclado de su computadora.

—Valor —dijo de pronto—. Esa es una palabra que conviene conocer, lo mismo en inglés que en español.

—Valor —repitió Paloma.

Se asomó por la ventana, Gael y Lizzie se habían ido hacía rato. Trató de pronunciar correctamente en español: valor.

De pronto, comenzó a sentirse avergonzada. Su mamá le había dicho que Frida Kahlo era uno de los pintores preferidos de su papá. ¿Habría hecho lo correcto al decirles a Gael y a

Lizzie que no los ayudaría a buscar el anillo de Frida? El anillo del pavo real era muy importante para la pintora. Además, también era un recuerdo. Y si el anillo era un recuerdo y estaba perdido, ¿no quería decir eso que una parte de Frida había quedado en el olvido?

—Mamá, ¿qué quiere decir "churro"?

Capítulo 8

La adivina

Paloma y su mamá caminaron las tres cuadras hasta el Jardín Centenario de Coyoacán para comprar churros. El parque estaba lleno de familias que habían salido esa tarde a dar un paseo, a comprar globos o a tomar un helado. Paloma tenía la cabeza llena de preguntas sobre el anillo del pavo real, Frida Kahlo y el cuarto secreto. Tenía que hablar con Gael y Lizzie. Ojalá la perdonaran. Quería ayudarlos.

—Mira, esa es la adivina que vimos anoche —dijo la mamá de Paloma.

La chica se detuvo a ver como la mujer llamaba a los turistas en distintos idiomas. Algunos se detenían a contemplar las alhajas que vendía.

—Vamos a ver qué tiene —sugirió la mamá de Paloma.

—¿Cómo una adivina sabe tantos idiomas? —preguntó Paloma, y sacó una tarjeta en blanco para escribir la pregunta que acababa de hacer.

Mientras la adivina conversaba con un grupo de turistas, Paloma miraba los collares de cuentas, los aretes de plumas y unos cuantos aretes de plata que la adivina había puesto sobre un sarape. Escuchaba con cuidado, tratando de determinar en qué idioma hablaba la mujer. Le encantaba el acento.

—¿No has hallado lo que buscas? —le preguntó la adivina.

—¿Yo? —dijo Paloma, sorprendida.

—Sí, tú, la chica del ceño fruncido.

La mamá de Paloma se echó a reír.

—No tengo el ceño fruncido —protestó Paloma—. Estoy pensando.

Los ojos grises de la adivina brillaron con un destello verde. La mujer sonrió y Paloma vio su dentadura blanca perfecta.

—¿En qué idioma estaba hablando?

—En ruso. Hablo muchos idiomas porque he viajado por todo el mundo vendiendo anillos y prediciendo el futuro de la gente. ¿Quieres que te tire las piedras?

—¿Tirarme las piedras? No, gracias. Pero, ¿puedo ver lo que tiene en esa caja? —dijo Paloma y señaló un cofrecito de madera del tamaño de una caja de pañuelos de papel que la adivina tenía a su lado.

—Paloma, ¡no seas tan curiosa! Lo siento —dijo la mamá de Paloma.

Pero la adivina les hizo un gesto como si desechara la disculpa y puso el cofre frente a Paloma.

—Contiene anillos muy especiales —dijo—. Los tengo guardados ahí porque solo se los ofrezco a compradores serios.

Paloma se sentó en la acera, frente a la adivina.

—¿Anillos especiales? —preguntó.

La adivina asintió.

—Yo podría ser una compradora seria —dijo Paloma—. Mis abuelos me dieron mucho dinero para el viaje.

Una amplia sonrisa se dibujó en el rostro de la adivina. Abrió el cofrecito. En su interior, había una docena de anillos de plata brillante con gemas de color marrón, azul turquesa y verde esmeralda, artísticamente engastadas. Paloma extendió la mano para tomar uno de ellos, pero se detuvo.

—Adelante, puedes tocarlos, mi reina.

Paloma tomó un grueso anillo de plata. Era grande y redondo, con intrincados diseños. Se fijó en que tenía un pequeño rostro labrado en el centro.

—Es el calendario solar azteca —explicó la adivina.

—Guau, déjeme verlo —dijo la mamá de Paloma, emocionada—. El día que conocí a tu padre, llevaba una medalla con el calendario azteca. La usaba casi a diario pero, cuando naciste, dejó de usarla porque, cada vez que te cargaba, tirabas de la cadena con tus manitas diminutas y tratabas de llevarte la medalla a la boca.

—¿De veras? —preguntó Paloma con una sonrisa. Ese era

otro recuerdo de su padre que no conocía. Sacó una tarjeta y lo anotó.

—Dejó de usarla porque temía que se la arrancaras y te la tragaras —continuó diciendo la mamá de Paloma—. Se preocupaba mucho por esas cosas porque tú tratabas de agarrar todo lo que te llamaba la atención.

La mamá de Paloma miró el anillo que tenía entre los dedos y se quedó en silencio. Los ojos de la adivina iban y venían entre la madre y la hija. Paloma sabía que lucían raras. Una mujer discreta, perdida en su recuerdo, y una hija que tomaba notas tratando desesperadamente de atrapar ese recuerdo con tinta y papel.

Incluso en Kansas, Isha y Kate le habían dicho a Paloma que no tomara tantas notas. Pero ese era el problema con los recuerdos. Paloma nunca sabía cuándo iban a aparecer. Si no los anotaba enseguida, podía perderlos para siempre. Y ya había perdido demasiados.

—Bueno, sus anillos son bellos —dijo la mamá de Paloma mientras devolvía el anillo—, pero debemos irnos. Vinimos a probar unos churros, no a comprar un anillo. ¿Sabe dónde los venden?

—Los mejores son los de Camila —dijo la adivina—. Su puesto está junto a la Fuente de los Coyotes. Tiene una sombrilla verde. Se ve desde aquí. Solo tienen que seguir derecho.

Mientras la adivina les indicaba dónde estaba la Fuente de los Coyotes, Paloma vio que por el borde del sarape donde estaban las alhajas se asomaba una tarjeta. Entrecerró los ojos para verla mejor. Pudo divisar la imagen de Frida Kahlo y el inicio de una palabra: "FEL". Los ojos de Frida eran inconfundibles. El profesor Breton había dicho que en Coyoacán se respiraba a Frida Kahlo hasta en el aire, pero, ¿no era una coincidencia que esta adivina fuera también una admiradora de la artista y vendiera anillos? Lulu no creía en las coincidencias. Era en momentos como ese que encontraba las pistas que la llevaban a descubrir los secretos. Usaba su encanto para engatusar a sus interlocutores y poder sacarles más información. Los churros podían esperar.

—No quisiera irme sin comprarle un anillo, pero quiero que sea único —dijo Paloma mientras le devolvía el cofre a la adivina.

—¿Qué tipo de anillo? ¿Con flores? ¿Hojas? ¿O un anillo de plata con la piedra del mes de tu nacimiento? —preguntó la adivina y extendió la mano para tomar el cofre.

—Un anillo con un pavo real —respondió Paloma.

—¿Cómo? ¿Qué tipo de anillo dijiste que querías? —dijo la adivina, a punto de dejar caer el cofre con los anillos—. Es un pedido muy inusual —añadió, tartamudeando. Agarró el cofre con fuerza, miró una vez más los anillos que contenía y lo cerró—. ¿Has visto algún anillo así...?

—No tenemos dinero para anillos caros, Paloma. Sigamos, *little bird* —dijo la mamá de Paloma—. Hay un churro allá con nuestro nombre. Eso sí lo podemos pagar.

Paloma hizo una mueca de disgusto. Su mamá estaba arruinando su labor de detective. Se incorporó de mala gana.

—Regresaré —dijo mientras su mamá la halaba por la manga.

La adivina le respondió con una sonrisa silenciosa.

Cuando se dirigía hacia el puesto de churros, Paloma se volteó. La adivina hablaba por su teléfono celular. ¿Con quién estaría hablando? Ni siquiera el dulce aroma de la masa frita de los churros lograba sacarle de la mente la reacción de la adivina ante la mención del anillo del pavo real. Lulu Pennywhistle tenía toda la razón cuando decía que a veces no tenía otra pista que un "presentimiento". En ese momento, Paloma presentía que la adivina era sospechosa.

Tenía que hablar con Gael. Por suerte, lo vio enseguida. Estaba sentado en un banco con un lápiz en la mano y la cabeza hundida en un cuaderno de dibujo. No se veía a Lizzie por ninguna parte. Paloma se alegró. La chica se había ido de su casa muy enojada. Gael alzó la vista y vio a Paloma. Cerró el cuaderno de dibujo y se lo puso bajo el brazo. Paloma le sonrió, deseando que no estuviese enojado con ella.

—¡Paloma! —dijo Gael levantándose y caminando hacia ella—. ¿Viniste a probar los churros?

Paloma asintió y les echó un vistazo a los churros.

—Nunca los he probado, pero huelen muy bien, como los *funnel cakes* de Kansas.

La señora mayor que atendía el puesto le alcanzó una bolsa

de churros espolvoreados con azúcar de canela a la mamá de Paloma. Paloma tomó uno.

—¿*Funnel cakes?* ¿Pasteles de embudo? Voy a tener que anotar eso —dijo Gael y le dio una servilleta a Paloma. Luego, se acercó y le susurró al oído—: ¿Esto significa lo que estoy pensando?

—Sí —le respondió Paloma bajito mirando a su mamá, quien conversaba con la vendedora de churros—. Los voy a ayudar a ti y a Lizzie a hallar el anillo del pavo real. Y creo que no debemos perder de vista a la adivina.

Capítulo 9

Retrato de un padre

—¿Por qué piensas que la adivina está metida en esto? —le preguntó Gael a Paloma cuando iban de camino hacia la Casa Azul.

Paloma estaba sorprendida por lo fácil que había sido convencer a su mamá de que la dejara ir a la Casa Azul esa tarde. Ahora sabía que, cuando quisiera ir a algún sitio o hacer algo, bastaría con que le pidiera a Gael que se lo dijera a su mamá. Parecía que era incapaz de negarle algo al chico.

Paloma pretendía comenzar la búsqueda del anillo del pavo real en la Casa Azul. Lulu siempre iba a la fuente del misterio. Además, ese era el lugar donde había visto a la adivina por primera vez. Aunque no estaba segura, creía que podía existir una conexión entre ambos.

—No sé por qué. Solo sé que la adivina se puso muy nerviosa cuando le mencioné el anillo del pavo real —explicó Paloma—. ¡Por poco se le cae el cofre con sus anillos especiales! Y luego dijo que le había hecho "un pedido muy raro".

Gael sonrió al escuchar a Paloma imitar la voz grave de la adivina.

—Ahora que lo pienso —dijo Gael—, esa adivina apareció por aquí hace solo unas semanas.

Paloma se detuvo y sacó una de sus tarjetas en blanco.

—¿Por qué no me hablas un poco más de eso? —dijo.

—Yo siempre ayudo a mi tía en el puesto de churros —dijo Gael y se rascó la cabeza—. Y no me había percatado de ella hasta hace muy poco, ¿no te parece raro? Apareció en el parque justo cuando mi hermana y yo comenzamos a buscar el anillo.

—La trama se complica.

Paloma sacó el bolígrafo y anotó. Cuando terminó, continuaron su camino.

—Aun así, no debiste mencionarle el anillo —dijo al fin Gael—. Nadie debe saber que lo estamos buscando. Si la gente se entera de cuán valioso es, querrán buscarlo también para quedárselo. Y entonces se perderá para siempre.

—Lo siento —dijo Paloma encogiéndose de hombros—. Estaba siguiendo los pasos de Lulu Pennywhistle.

—¿Quién? ¿Quién es Lulu?

—La detective de una serie que leí. Se dedica a resolver misterios y es muy valiente.

—¿Un personaje de ficción? —dijo Gael y levantó las manos hacia el cielo, como si estuviera desesperado—. ¿Por qué los más valientes son siempre personajes inventados?

—Los libros serán de ficción pero, para mí, Lulu es casi una persona real. He aprendido mucho de ella.

—Bueno, tendremos que ser tan valientes como ella.

Paloma asintió. Se alegraba de que su nuevo amigo no se hubiera burlado de su admiración por Lulu Pennywhistle. Kate e Isha le habían advertido más de una vez que se estaba obsesionando con los misterios de Lulu.

—Lizzie no se enojará porque hayamos comenzado la búsqueda sin ella, ¿verdad?

—Tendrá que comprender —dijo Gael encogiéndose de hombros.

—No parece muy comprensiva que digamos. No le gustó nada que les dijera que no podía ayudarlos. Se fue enojada.

—Eso no fue nada. Es una mariachi, ¿sabes? Te aconsejo que nunca hagas enojar a una trompetista mariachi —dijo Gael en broma cuando ya habían llegado a la Casa Azul.

Los chicos siguieron a los turistas que pasaban por el torniquete a la entrada del museo y se dirigieron a una sala grande donde estaban expuestas varias pinturas. Al entrar en la sala, Paloma vio a un hombre instalando una cámara de seguridad en una esquina, casi a la altura del techo. Se dirigió hacia Gael, quien observaba un cuadro titulado *Retrato de Don Guillermo Kahlo*.

—Era el padre de Frida —dijo Gael—. Tenía un magnífico bigote.

—Un megabigote —dijo Paloma.

En la pintura, el hombre miraba hacia la izquierda con intensos ojos grises enmarcados por unas cejas muy pobladas. Detrás, se veía una cámara que parecía muy antigua.

—Oye, el apellido de Frida no suena muy mexicano —dijo Paloma.

—Su padre era de Alemania. Vino a México, trabajó como fotógrafo, se enamoró de una mexicana y se quedó aquí por el resto de su vida.

—Padre alemán, madre mexicana. Frida era mixta, como yo.

—¿Qué quieres decir con eso de "mixta"?

—Soy mitad mexicana y mitad alemana. Mi padre nació en México. La familia de mi madre es de origen alemán. Ella siempre dice que viene de "una buena familia alemana de Kansas".

—Es la primera vez que mencionas a tu padre —dijo Gael—. ¿Por qué no estaba en la recepción anoche? ¿Tus padres están divorciados?

Paloma respiró profundo y cruzó los brazos.

—Mi padre murió cuando yo tenía tres años —dijo.

Gael dio un paso atrás y se puso una mano sobre el corazón.

—¡Lo siento, Paloma! —dijo y se cubrió el rostro con las manos, soltando enseguida una dramática disculpa—. ¡Qué pena! Perdóname, Paloma. ¡Soy un tonto! ¡Perdón!

—Está bien, Gael. Tú no lo sabías.

—Soy un idiota.

—Es casi igual, pero tú no eres ningún idiota —dijo Paloma y dejó escapar un suspiro.

—Creo que te mereces un abrazo. ¿Te lo puedo dar? —preguntó Gael.

—Sí —dijo Paloma y se encogió de hombros.

Gael le dio un abrazo cálido y fuerte. El chico olía a churros con canela.

—Siento mucho que hayas perdido a tu papá —susurró mientras la abrazaba. Se quitó uno de los cordones de cuero que llevaba al cuello y se lo dio—. Quiero dártelo. Úsalo. Te protegerá.

—¿De qué? —dijo Paloma e inclinó la cabeza para que Gael le pusiera el collar. Luego tomó la medallita de plata en la mano y la examinó.

—Es un guerrero águila azteca —explicó Gael—. Eran soldados que defendían a su pueblo de los enemigos.

Paloma pensó en la medalla del calendario azteca que su papá usaba. Su mamá le había dicho que siempre la llevaba al cuello. Se preguntó si también se la habría regalado un amigo y apretó la medalla entre los dedos. Trató de recordar algo de cuando era pequeña y halaba la medalla de su padre. Se quedó inmóvil por unos segundos con los ojos cerrados, pero no logró evocar ningún recuerdo.

—Gracias —le dijo al fin a Gael.

El chico la observaba con sus ojos marrones llenos de ternura, pero Paloma estaba ansiosa por cambiar el tema. No le gustaba que le tuvieran lástima.

—¿Qué dice ahí? —preguntó, señalando un texto de color rojo en español en la parte inferior de la pintura del padre de Frida.

—"Pinté a mi padre, Wilhelm Kahlo, un hombre de origen húngaro-alemán, artista fotógrafo de profesión y de carácter generoso, inteligente y valiente porque padeció durante sesenta años de epilepsia" —leyó Gael—. No estoy seguro de cómo se dice "epilepsia" en inglés, pero es una enfermedad que...

Paloma observó de cerca la palabra.

—Creo que es *epilepsy* en inglés.

—Sí, eso es —dijo Gael asintiendo—. También dice que luchó contra Hitler. Y, al final, dice "con adoración" —continuó Gael—. Frida quería mucho a su padre. Si te fijas en cómo lo pintó, te darás cuenta del cariño que le tenía.

Paloma apartó la vista de la pintura y la fijó en un espacio vacío en la pared. Y en aquel espacio en blanco imaginó un lienzo en donde deseó poder pintar a su padre. Primero haría un boceto. Lo dibujaría sentado, en una pose formal como el padre de Frida. Pero estaría sonriendo, mostrando su dentadura blanca y perfecta. Luego, pintaría su rostro de color caramelo. Y, con el color negro, pintaría su cabello corto. En el cuadro, su padre tendría una camisa azul de botones y llevaría la medalla del calendario azteca colgando del cuello. Su mamá le había dicho que la usaba a diario. Era importante para él, así que debía estar en el retrato también. En el fondo, pintaría la Pirámide del Sol que aparecía en la foto que su mamá había enmarcado.

Si pintaba ese retrato, ¿se daría cuenta la gente de cuánto quería ella a su papá? ¿Sabrían, acaso, con sólo mirarlo, cuánto lo extrañaba?

—Paloma —preguntó Gael mientras la tomaba por el hombro—, ¿estás bien?

Paloma dejó que el retrato de su padre se esfumara de su mente. Se acomodó un mechón de pelo suelto detrás de la oreja.

—Estoy bien. Estaba pensando en cómo haríamos para encontrar ese anillo. ¿Por dónde podemos empezar?

Gael entrecerró los ojos y la miró. Lucía poco convencido.

—Te puedo dar otro abrazo. Creo que sigues pensando en tu papá —dijo.

—No hay más tiempo para abrazos. Tenemos un misterio que resolver —dijo Paloma y decidió ignorar su expresión de sorpresa—. Muéstrame dónde está el cuarto secreto. Lulu siempre comienza por lo más obvio.

—Está en el piso de arriba, cerca del estudio de Frida —respondió Gael.

Paloma recorrió la sala con la vista una vez más. Ahora eran sólo cuatro paredes blancas pero, durante mucho tiempo, fue la sala de la casa de Frida. La pintora vivió ahí con sus hermanas y sus padres y, más tarde, con su esposo. Las paredes estaban cubiertas de retratos de la familia. En aquellos cuadros, Paloma podía ver el amor que Frida sentía por su familia y las ramas de su árbol genealógico que la conectaron para siempre con Europa y México. Paloma solo tenía a su mamá y a la familia de su mamá en Kansas. Y, aunque se sabía amada, no podía evitar sentir pena por no conocer la otra mitad de su genealogía. Si su papá no hubiese muerto, ¿tendría primos, tíos y tías en México?

¿Se sentiría en sintonía con el espíritu de ese país como lo había estado Frida?

—¿Estás lista para buscar algunas pistas, Paloma? —preguntó Gael.

—¡Buscar pistas es mi especialidad! —dijo Paloma, asintiendo.

Capítulo 10

El cuarto secreto

—Es un baño —dijo Paloma. Movía la cabeza con desaprobación. No podía creerlo.

Los chicos observaron el interior del baño de baldosas, cuya puerta estaba protegida por un alambre que se extendía de lado a lado, a la altura de las rodillas, y que indicaba a los visitantes que no debían pasar.

—Es un cuarto secreto —dijo Gael—. Aquí es donde Diego guardó las cosas de Frida.

—Es un baño.

—No lo repitas más —susurró Gael—. Esta habitación es importante. Todo estaba aquí.

Unos turistas entraron y salieron de la habitación sin prestarle mucha atención al baño.

—A la gente ni siquiera le importa —dijo Paloma.

—Exacto —dijo Gael con una urgencia repentina—. No tienen ni idea de lo que había en esta habitación, pero nosotros, sí.

Paloma observó un letrero enmarcado que estaba colocado junto al baño.

—¿Qué dice ahí?

Gael se acercó al letrero.

—Dice que más de trescientos objetos personales pertenecientes a Frida fueron hallados en ese cuarto. Y que muchos de ellos se muestran en la sala de exhibición.

—¿La sala de exhibición? —dijo Paloma—. Eso suena interesante.

—Pudiste haberla visitado anoche. Quizás no la viste porque estabas embelesada con Tavo Farill —dijo Gael en tono burlón.

Paloma se quedó con la boca abierta. Gael se echó a reír.

—¿Embelesada? ¿Quién te dijo eso? —preguntó Paloma.

En ese momento, un grupo de turistas que llevaba prisa pasó junto a los chicos por el estrecho corredor. Sin querer, uno de ellos empujó a Paloma contra el alambre de la puerta. Gael la agarró por el brazo para que no se cayera.

—¡Eh! Tengan cuidado —exclamó Paloma.

—Andan en una excursión turística —dijo Gael—. Son franceses, seguramente. Adoran a Frida.

—Vayamos tras ellos. Quizás van a la sala de exhibiciones.

Los chicos se unieron al grupo de turistas franceses. Pasaron por el cuarto de día de Frida, donde vieron las marionetas en forma de esqueleto que colgaban de la pequeña cama de Frida y las muñequitas de porcelana sentadas en el estante. Luego, fueron a una habitación más pequeña al final de la casa. Paloma se asomó para mirar en su interior. Allí había otra cama personal con una colcha y una almohada. Paloma tiró de la manga de la camisa de Gael.

—¿Por qué tenía Frida dos cuartos? —le preguntó cuando entró a la habitación. El cuarto no tenía ventanas. Era oscuro, pero estaba iluminado por varias lámparas—. Me gustaría tener dos cuartos.

—Ten cuidado con lo que deseas, Paloma —susurró Gael—. Frida necesitaba dos cuartos. Creo que oí a Tavo anoche contarte lo del accidente, ¿no?

Paloma asintió y se mordió la lengua para no decirle que era un metiche.

—Después del accidente —explicó Gael—, a Frida tuvieron que hacerle muchas operaciones. No se podía levantar de la cama. Tenía un cuarto en el que podía pintar acostada. El otro era para dormir. Y, al final, murió mientras dormía.

—¿Murió aquí? —preguntó Paloma.

Gael asintió y señaló una escultura en forma de rana sin cabeza encima de un tocador de madera.

—Sus cenizas están en esa urna —dijo Gael.

Paloma no lo podía creer. ¿Cómo no se lo dijo antes?

—¿Las cenizas de Frida están dentro de esa horrible escultura que parece una rana? —preguntó, sorprendida.

Gael asintió.

La rana tenía el color de la arcilla roja y no era más grande que el florero donde su mamá había colocado los lirios. Paloma se apartó y les cedió el paso a unos turistas que querían tomar fotos de la urna. Se oyeron los clics de las cámaras y los *flashes* brillaron una docena de veces. Mientras esperaba que terminaran, Paloma observó los detalles del cuarto. Cuando se quedaron solos en la habitación, buscó en su cartera las tarjetas en blanco y un bolígrafo.

—Es un detalle muy importante. ¿Por qué no me habías hablado de la urna? —dijo.

—Disculpe, Srta. Lupe Purplewhistle —bromeó Gael—. No me di cuenta de que era un detalle tan importante

—Es Lulu Pennywhistle —dijo Paloma, un poco molesta.

Se inclinó sobre otro alambre de protección tratando de acercarse más a la urna y levantó el teléfono para tomarle unas fotos. Pero se detuvo. En la pantalla del teléfono vio la escultura de arcilla roja con sus pequeñas patitas delanteras de rana y sus flacas patas traseras y sintió pena. Bajó el teléfono.

—¿Qué pasa, Paloma? Te ves triste —dijo Gael y le tomó la mano.

—Aquí descansa Frida —dijo Paloma, en voz baja—. Está dentro de esa fea escultura. Quiero hacer... ya sé que es tonto pero, quiero hacer una oración o algo parecido.

Gael asintió.

—¿Qué haces cuando visitas la tumba de tu padre? —preguntó.

Paloma se sorprendió. Pero Gael tenía razón, esa urna era la tumba de Frida.

—Yo... yo...

Paloma y su mamá visitaban la tumba del papá de Paloma tres veces al año: el día de su cumpleaños, en el aniversario de su muerte y el Día de los Padres. Sin embargo, Paloma sospechaba que su mamá iba más a menudo. A veces, la dejaba con sus amigos o con algún familiar y luego regresaba silenciosa y con algún regalito, como si se sintiera culpable de algo.

—Digo una oración y luego hablo con él de cosas —dijo finalmente Paloma.

—¿Cómo? ¿De qué?

—De la escuela, de mis amigos, cosas como esas —dijo Paloma encogiéndose de hombros—. A veces, incluso le cuento del libro de Lulu Pennywhistle que estoy leyendo.

—Pues, haz lo mismo —dijo Gael—. Habla con Frida.

Paloma miró a su alrededor para comprobar que aún estaban solos.

—Hola, Frida... —comenzó a decir Paloma—. Me encanta tu casa. Es...

Se detuvo y miró a Gael. No sabía qué más decir.

—Vas muy bien —dijo Gael, animándola a continuar.

Paloma se volvió de nuevo hacia la urna.

—Para mí es muy importante estar aquí porque a mi papá le encantaban tus pinturas. No sé si él alguna vez visitó

Coyoacán, pero creo que le hubiera encantado. A mí me gusta mucho. Bueno, espero que sepas que eres muy popular. ¡Te felicito! La gente hasta toma fotos de tu urna —dijo Paloma—. También quiero que sepas que siento mucho que tu anillo del pavo real esté perdido. No te preocupes, nosotros lo vamos a encontrar para devolvértelo —añadió, dando un paso atrás—. Descansa en paz, Frida.

—Muy padre, Paloma —dijo Gael, sonriente.

—Gracias —dijo Paloma—. Pero no debemos perder más tiempo. Llévame a la sala de exhibiciones.

La galería estaba a oscuras. La única iluminación provenía de las grandes vitrinas donde se exhibían maniquíes vestidos con faldas coloridas, pañuelos de seda y blusas de volantes. Gael le hizo un gesto a Paloma para que lo siguiera a la sala siguiente donde estaban las muletas de Frida, su faja de cuero y una pierna prostética. A Paloma se le cortó el aliento cuando vio las correas de la faja con sus grandes hebillas de metal. Después, Gael la llevó al último cuarto de la galería, donde brillaban las joyas de Frida expuestas en vitrinas.

—Aquí es donde debería estar el anillo del pavo real —dijo Gael.

Paloma examinó las vitrinas de anillos de oro y plata y collares con turquesas y otras piedras exóticas.

—Quizás Diego escondió sus cosas para protegerlas, porque en esa época no tenían buenos sistemas de seguridad, ¿no crees? Ahora existen cámaras —dijo y señaló hacia el techo, desde donde los observaba un pequeño lente—. También vi a un hombre instalar una dentro del museo. Pero, antes, ¿qué seguridad había en este lugar?

—Frida tenía un monito y un par de perros lampiños —respondió Gael—. Eso era todo.

—No te burles —dijo Paloma y puso los ojos en blanco. Después, exploró la habitación—. Sabemos que Diego ocultó estas cosas en el baño. Pero, ¿y si hubiese otro cuarto secreto? Otro cuarto donde habría escondido objetos más personales y de más valor... como el anillo del pavo real. Quizás Diego murió sin tener la oportunidad de decírselo a nadie. O, quizás, no quería que nadie lo supiera.

—Si hubiera otro cuarto secreto, ¿no crees que ya alguien lo habría descubierto?

—Quizás no —dijo Paloma y se encogió de hombros—. Se demoraron cincuenta años en descubrir este. No podemos permitirnos que los adultos se tarden otros cincuenta años en descubrir el otro.

—Si es que hay otro —añadió Gael y frotó su medalla.

—Tienes razón —dijo Paloma—. Es solo una teoría, pero tenemos solo dos semanas para descubrir el misterio antes del cumpleaños de Frida.

—¿Por dónde empezamos?

—En casos como este, Lulu Pennywhistle siempre aplica el PDE.

—¿PDE?

—Proceso de eliminación —dijo Paloma e hizo como si reventara globos con su bolígrafo—. Registramos la Casa Azul para ver si hay otro cuarto secreto. Si no lo hallamos, eliminamos esa teoría y vamos en busca de la adivina. No hay tiempo que perder.

Paloma salió de la galería oscura hacia el patio y el jardín de Frida, iluminados por la luz del sol. El patio bullía de actividad. Algunos turistas hacían fila para comprar almuerzo en la cafetería al aire libre mientras otros entraban y salían de la tienda de regalos. Unos cuantos se turnaban para hacerse *selfis* frente a una pirámide amarilla y roja. Un policía uniformado recorría el jardín canturreando en voz baja.

—Llegó la hora de la limonada —anunció Gael y fue hacia la fila de turistas en la cafetería.

—¿Limonada? —dijo Paloma y alzó los brazos, frustrada—. ¡Lulu no deja sus investigaciones para tomar limonada!

Gael se puso en la fila y sonrió.

Paloma se acercó, no muy contenta. Acababan de pedir dos limonadas cuando Gael le dio un codazo. Ella lo miró y le devolvió el codazo.

—¿Ese es quien creo que es? —le preguntó Gael con voz seria.

Paloma miró hacia la derecha. A través de un toldo transparente que servía de pared en un costado de la cafetería, vio a un hombre delgado, de traje, que se paseaba entre el toldo y el muro del patio.

—¿El Sr. Farill? Me pregunto si Tavo estará con él —dijo Paloma.

Cuando la señora de detrás del mostrador les sirvió las limonadas, Paloma se dio vuelta en busca de Gael. Vio al chico a unos pasos de ella acomodándose el gorro tejido hasta taparse las orejas.

—Gael, ¿no quieres limonada?

Gael señaló hacia el museo.

—Baño —dijo, mientras se alejaba por el patio.

—Bueno, pues yo pago —murmuró Paloma y buscó en su cartera unos pesos mexicanos—. Anda, que la chica de Kansas pague la limonada que *tú* querías —añadió sin prestarle atención a la mirada de confusión de la mujer de la cafetería.

—Déjame invitarte, Paloma —dijo el Sr. Farill, quien había aparecido a su lado de repente.

—Gracias —dijo Paloma, y salió de la fila con las dos limonadas en las manos.

—¿Está tu mamá contigo? —preguntó el Sr. Farill.

—No, está en casa, trabajando. Vine con un amigo, pero... —dijo Paloma mirando hacia el museo—. Creo que fue a hacer algo.

—¿Un amigo? No será mi hijo, ¿verdad? Tavo debería estar ayudando a su mamá. ¿Anda por aquí? —añadió el Sr. Farill y levantó las cejas varias veces.

Paloma sintió que se ruborizaba.

—No, se trata de mi tutor de español.

—¡Un tutor de español! Magnífico, Paloma —dijo el Sr. Farill con una sonrisa—. Estás aprovechando todo lo que ofrece Coyoacán. Qué bien.

—Gracias —respondió Paloma—. Fue idea de mi mamá. ¿Vino a ver las obras de Frida? ¿Hay otra sala con pinturas detrás de la cafetería?

—¿Allí? No. Ahí no hay nada. Me perdí buscando la tienda de regalos —explicó el Sr. Farill—. Vine porque me lo pidió mi esposa. Está ayudando a preparar la fiesta por el cumpleaños de Frida. Me pidió que recogiera algo. Le daré una invitación a tu mamá para la fiesta cuando vengan a casa a cenar mañana en la noche.

—Muchas gracias —dijo Paloma.

El Sr. Farill sonrió.

—Por favor, saluda a tu mamá de mi parte —dijo, inclinando la cabeza, y se alejó. Dejó tras de sí un delicioso olor a colonia.

Paloma pensó que sería genial tener un papá que usara trajes grises y una colonia exquisita y que apareciera de pronto para pagarte la limonada.

En ese momento, reapareció Gael.

—¿Qué pasó, Gael?

—Disculpa —dijo el chico y tomó un sorbo de limonada—. ¿Qué te dijo Farill? ¿Qué hacía aquí?

—Está ayudando con los preparativos de la fiesta por el cumpleaños de Frida.

—¿Detrás de la cafetería? ¿Hay oficinas ahí? ¿Baños? —preguntó Gael y se dirigió hacia el toldo donde habían visto al Sr. Farill por primera vez.

Gael masculló algo en español mientras inspeccionaba el toldo. Halló una apertura y pasó a través de ella. Paloma lo siguió sin que nadie la detuviera. Avanzaron por un corredor largo y estrecho que se extendía entre la cafetería y el muro exterior del patio de la casa. Siguieron avanzando hasta llegar a un árbol bajo de gruesas ramas que cerraba el paso. En el suelo, vieron dos colillas de cigarrillo humeantes. Gael frunció el ceño y pisoteó las colillas para apagarlas. Paloma observó el árbol, que parecía muy viejo. El viento silbaba entre sus ramas y las hacía mecerse y, por un instante, dejaron al descubierto una puerta.

—Ahí hay algo —dijo Paloma.

La chica puso el vaso de limonada en el suelo y apartó unas ramas. Se coló entre ellas y el muro exterior, pero tropezó y cayó de bruces. Al levantarse, vio que estaba frente a una antigua puerta de madera cerrada con un candado herrumbroso.

—Gael, ¡creo que he encontrado algo! —gritó.

—Aquí estoy —respondió el chico, quien también se había metido por debajo de una rama—. Ya la veo.

Los chicos se quedaron contemplando la puerta, en silencio. Paloma presentía que se hallaban ante otro cuarto secreto, cerrado con llave por el esposo de Frida, Diego Rivera.

—Podría ser lo que buscamos —dijo tomándole el brazo a Gael.

—O podría ser un clóset de limpieza —dijo Gael mientras inspeccionaba el candado—. ¿Crees que el Sr. Farill vio la puerta?

—No creo —dijo Paloma encogiéndose de hombros—. Me dijo que andaba buscando la tienda de regalos.

Gael miró al suelo y agarró una piedra. Golpeó el candado con ella, pero no se abrió.

—¿Qué estás haciendo? —exclamó Paloma—. ¿Quieres que vengan los de seguridad y nos arresten?

—Tienes razón —dijo Gael y tiró la piedra al suelo—. Mejor regresemos cuando el museo esté cerrado, a medianoche.

—Ni lo pienses. Mi mamá nunca me dejaría —dijo Paloma—. Tus lindos hoyuelos no la van a convencer de que salga a medianoche.

—Pues tendrás que escaparte... ¡Un momento! ¿Dijiste que tenía lindos hoyuelos?

Paloma puso los ojos en blanco.

—No puedo venir a medianoche —insistió.

—Mira a tu alrededor, Paloma. Este lugar está lleno de turistas. Es la única manera de averiguar qué hay en ese cuarto —dijo Gael—. Es lo que haría Lulu Pennywhistle.

Paloma se sintió como si la hubieran aplastado como a las colillas de cigarrillo. ¿Cómo se atrevía a usar a Lulu contra ella? Sin embargo, Gael tenía razón. El museo y el patio estaban llenos de gente y el policía recorría el patio, vigilante. Sería más fácil entrar al cuarto cuando el museo estuviese vacío. Pero, ¿a medianoche? No le gustaba nada la idea de escaparse de su casa. ¿Y si los sorprendían y los metían presos? ¿Metían presos a los niños en México? Además, no le gustaba hacer cosas a espaldas de su madre.

Sintió que la cabeza le daba vueltas. Y, ¿si detrás de aquella puerta había un cuarto lleno de tesoros mexicanos? ¿Si el anillo del pavo real estaba allí? ¡Resuelto el misterio! ¡Misión cumplida! ¿Acaso su mamá no le había dicho que aprovechara las oportunidades que se le presentaran en México?

Paloma asintió.

—Está bien. Regresemos a medianoche.

Capítulo II

Muy temprano para trompetas

A la mañana siguiente, se escuchó una trompeta junto a la ventana del cuarto de Paloma. Su mamá entró a la habitación y la despertó.

—¡Es una serenata! —gritó dando palmadas y corrió las cortinas para abrir la ventana.

Una melodía de guitarra y trompeta llenó la habitación.

—¿Qué alboroto es ese? ¡Es muy temprano para trompetas! —exclamó Paloma y escondió la cabeza debajo de las sábanas—. Bajen el volumen —gritó.

—Tus amigos te están dando una serenata, Paloma. Levántate y ven a verlos.

Paloma se restregó los ojos.

—¡No me gusta!

Se sentó en la cama y miró hacia la ventana, malhumorada. Siempre se despertaba así, pero esa mañana tenía motivos para su mal humor. Se había pasado la noche dando vueltas en la cama, tratando de decidir qué era mejor, si saltar por la ventana o escabullirse por el portón del frente esa noche. ¿En qué se había metido?

—Cambia esa cara, cascarrabias —dijo su mamá con un gesto para atraerla a la ventana.

Paloma no estaba lista para levantarse pero, al ver a su mamá seguir el ritmo de la música, su humor se suavizó hasta sentirse tan liviana como las sábanas de algodón bajo las que quería seguir oculta toda la mañana. Se levantó sin prisa y caminó hasta la ventana. Su mamá la abrazó por la cintura.

Paloma observó las tres ramas por las que tendría que bajar esa noche. De repente, le pareció que estaban muy lejos del suelo y se le hizo un nudo en la garganta.

—¿No te parece genial? —le preguntó su mamá sin quitarle la vista de encima a Gael y a Lizzie, quienes estaban frente al portón delantero.

Gael cantaba y rasgaba las cuerdas de una guitarra azul. Lizzie lo acompañaba con su trompeta plateada. Un hombre que estaba barriendo la calle se detuvo y comenzó a cantar también. La mamá de Paloma se echó a reír y la chica no pudo evitar que se le escapara una risita también. Gael sonrió con dulzura. Cuando terminó la canción, la mamá de Paloma bajó corriendo las escaleras para abrirles la puerta a los hermanos.

—¡Adoro México! ¡Eso fue fabuloso! —exclamó.

Paloma se lavó la cara y se cepilló el pelo. ¿Qué significaba aquella serenata? De la única serenata que había oído hablar era de la que le dio su papá a su mamá para proponerle matrimonio. ¿Estaría Gael proponiéndole matrimonio? Ella tenía solo doce años, ¡era demasiado joven para casarse!

Se puso una camiseta, unos pantalones de yoga y la medalla del guerrero águila azteca. Cuando bajó a la sala, Gael y Lizzie ya estaban dentro de la casa y su mamá no paraba de hablar de lo mucho que le había gustado la canción y de lo lindo que era despertarse con una serenata. Gael miró a Paloma de reojo. La chica estaba segura de que le gustaba Gael. Le parecía el tipo de chico que le decoraría el casillero de la escuela el día de su cumpleaños. Pero no estaba lista para escuchar propuestas de matrimonio. Tenía muchas cosas que hacer antes.

Lizzie se aclaró la garganta. Su mirada se cruzó con la de Paloma.

—Hola, Kansas —dijo Lizzie, acercándosele.

Paloma se preparó para recibir un golpe en el brazo o algo parecido. La última vez que habían hablado, Lizzie se había enojado muchísimo. Pero, ahora, la chica le dio un beso en la mejilla.

—Fue idea de Gael. Ojalá te haya gustado —dijo.

—¿Cómo puede no gustarme una trompeta sonando en mi ventana a las ocho de la mañana? —preguntó Paloma.

Su mamá la fulminó con la mirada. Gael se acercó y le plantó un beso en la mejilla también.

—Buenos días, Paloma. Te ves bien despierta —dijo.

—Es culpa de la trompeta —dijo Paloma y se encogió de hombros. En realidad, todavía no se sentía despierta.

—No le hagan caso. Vengan a la mesa a tomar un jugo —dijo la mamá de Paloma halando una silla de la mesa del comedor para Lizzie—. Tenemos cuernitos y papaya.

La mamá de Paloma se dirigió a la cocina, pidiéndole con la mirada a su hija que fuera amable. Los chicos se sentaron a la mesa.

—Bueno, ¿me vas a proponer matrimonio o qué? —dijo Paloma.

Gael se puso colorado y Lizzie se echó a reír.

—Para eso son las serenatas, ¿no? —preguntó Paloma.

—A veces —dijo Lizzie y acarició la cabeza de su hermano.

Gael hizo una mueca y se acomodó el gorro.

—También damos serenatas para celebrar los cumpleaños o a manera de agradecimiento —explicó—. Fue idea de Gael. Yo lo acompañé porque me dijo que descubriste un cuarto secreto en la Casa Azul y que irías a verlo con nosotros esta noche. Gracias, Kansas.

—De nada —dijo Paloma, y se pasó la mano por la frente forzando un gesto de alivio—. Uf. Me alegro de que Gael no me haya propuesto matrimonio. Soy demasiado joven —bromeó—, aún tengo que terminar la escuela superior y la universidad.

Gael se encogió en la silla y negó con la cabeza.

—No. Solo queríamos darte las gracias por ayudarnos —dijo bajito para que la mamá de Paloma no lo oyera desde la cocina—. Yo también soy demasiado joven para casarme. Todavía tengo que hacerme un artista famoso.

Lizzie se inclinó hacia Paloma.

—Escaparte de la casa esta noche demuestra que tienes mucho valor —susurró.

—Gracias —dijo Paloma con una sonrisa.

Nadie la había llamado valiente antes. Sus amigos de Kansas pensaban que era gruñona, melodramática, sabelotodo y chismosa, nunca valiente. Aunque de solo pensar que se escaparía de casa en medio de la noche se ponía nerviosa, ya no se podía echar atrás. Sobre todo, ahora que Lizzie acababa de decirle que tenía mucho valor.

—No sé cómo nos vamos a meter en la Casa Azul —dijo Paloma—. No me gusta la idea de entrar por la fuerza.

—No vamos a emplear ninguna fuerza —dijo Lizzie—. Mi banda de mariachis va a ensayar allí esta noche para la fiesta por el cumpleaños de Frida. Cuando todos se vayan, abriré la puerta trasera.

—¿Y las cámaras de seguridad? He visto varias dentro del museo y en las salas. No me pueden atrapar. Mi mamá se volvería loca —dijo Paloma.

Lizzie se encogió de hombros.

—Esas cámaras son nuevas y la mayoría está dentro del museo. Las de afuera no nos captarán las caras si nos ponemos sombreros o capuchas de esquiar.

A Paloma le encantaba la seguridad con la que hablaba Lizzie.

—No tengo ninguna capucha, creo que usaré mi gorra de béisbol —dijo.

—Con eso bastará —dijo Lizzie y asintió con la cabeza—. Concéntrate en bajar por el árbol e ir hasta el portón. Nosotros nos encargamos del resto.

Paloma agarró la medalla que llevaba al cuello y miró hacia donde estaba su mamá en la cocina tarareando la canción que Gael y Lizzie habían cantado. Sintió que la seguridad de Lizzie la calmaba.

—¿Saben? Como voy a cenar en casa de Tavo esta noche, quizás podría hablarle del anillo del pavo real. Él sabe mucho sobre Frida. Podría ayudarnos. Le puedo preguntar.

Gael y Lizzie hicieron una mueca.

—Incluir a Tavo no es buena idea —dijo Lizzie—. Si le cuenta a su papá lo que estamos haciendo, nos podría meter en problemas.

—Lizzie tiene razón —añadió Gael—. Los padres de Tavo tienen mucha relación con el museo. Tenemos que mantener esto entre nosotros. Comprendes, ¿verdad?

Paloma sabía que tenían razón. Los adultos no podían inmiscuirse en este asunto. ¿Cuántos casos de Lulu Pennywhistle habían fracasado por culpa de un adulto sabelotodo con una placa de "detective"? ¿O un investigador de la policía que pensaba que era más inteligente que Lulu por ser mayor que ella y tener títulos colgados en su oficina?

—No se preocupen. Sé guardar un secreto —dijo Paloma,

llevándose la mano a los labios para cerrarlos como si fueran un zíper.

Gael y Lizzie se tranquilizaron.

—Me han dicho que Tavo tiene una casa grande con alberca y un montón de cuadros valiosos en las paredes, ¡como los museos! Prepárate para tomar fotos —dijo Lizzie mientras la mamá de Paloma se acercaba con una bandeja de cuernitos calientes y papaya en trozos—. ¿A qué hora es la cena esta noche?

—El Sr. Farill va a enviar a su chofer a recogernos a las seis —dijo la mamá de Paloma mientras le servía papaya a Lizzie—. No podemos retrasarnos, Paloma.

—Lo dices como si yo siempre llegara tarde a todos lados —protestó Paloma.

—Y así es. O hay que ponerse una flor en el pelo en el último momento o hay que cambiarse los zapatos o la bufanda. Siempre hay algo que te retrasa —dijo su mamá.

Gael y Lizzie se echaron a reír.

—Sí, Paloma. No puedes llegar tarde esta noche —dijo Gael en tono burlón—. Es una noche muy importante.

Paloma sabía que no se estaba refiriendo a la cena.

Capítulo 12

Misterio para la cena

El BMW gris se detuvo delante de la casa a las seis. Paloma llevaba una blusa de mezclilla con pantalones blancos y sandalias. Se puso una flor amarilla en el pelo. Mientras iban camino a la casa de los Farill, pasaron por delante de cientos de casas pequeñas antes de comenzar a ver mansiones rodeadas de altas cercas con grandes puertas de hierro.

Cuando llegaron por fin al barrio donde vivía Tavo, el carro se detuvo frente a una caseta de seguridad, donde un guardia les pidió los documentos de identificación mientras otro revisaba debajo del carro y en el maletero con un escáner portátil. Paloma nunca había estado en un barrio en el que los visitantes tuvieran que pasar un control de seguridad. ¡Había más seguridad que en los aeropuertos! La chica ya se estaba preparando para entregarles la cartera y los zapatos para que los revisaran cuando los guardias les hicieron señas de que avanzaran hacia otro portón.

Cuando se abrió el otro portón, Paloma notó que un taxi acababa de llegar. El taxi se detuvo y los guardias de seguridad lo rodearon. Mientras el chofer del carro donde viajaba Paloma avanzaba hacia la casa de Tavo, durante los pocos segundos que tardó en cerrarse el portón por el cual acababan de pasar, Paloma creyó ver a un chico con un gorro tejido de color negro asomarse por la ventanilla trasera del taxi para hablar con los guardias de seguridad. Hubiese jurado que se trataba de Gael, pero lo perdió de vista. ¿Qué podría estar haciendo allí Gael? ¿Viviría en el barrio? Si fuera así, Tavo debía conocerlo. Mientras el carro avanzaba por el camino flanqueado de árboles que conducía a la mansión, Paloma decidió que le preguntaría a Tavo esa misma noche.

Y fue Tavo quien le abrió la puerta del carro a Paloma y a su mamá en cuanto este se detuvo. Solo habían pasado dos días desde que Paloma lo había visto, pero habían sucedido tantas cosas que se le había olvidado lo guapísimo que era. Le hubiese gustado tomarse un *selfi* con él para darles envidia a sus amigas de Kansas.

—¡Bienvenidos a nuestro humilde hogar! —dijo Tavo con una sonrisa.

Paloma se echó a reír. La casa no tenía nada de humilde. Era una mansión de piedra blanca de tres pisos y con al menos una docena de escalones al frente que conducían a la puerta principal, de madera oscura. El jardín estaba decorado con una fuente muy adornada y muchos árboles y rosales hermosos.

Cuando entraron a la casa, la mamá de Paloma estuvo a punto de resbalar en el piso de mármol gris. Tavo la sujetó por el brazo.

—Olvidé decirles que tuvieran cuidado —dijo, apenado—. Yo me resbalaba constantemente porque me gustaba andar en medias por la casa. Dejé de hacerlo porque mi madre me dijo que un día me iba a rajar la cabeza.

—¡Qué horrible! —dijo Paloma, negando con la cabeza.

Tavo se rio.

—Lo siento. No diré más nada sobre cabezas rajadas —añadió, y las llevó hasta la sala.

Los padres de Tavo bajaron de la segunda planta por una larga escalera para darles la bienvenida. A Paloma le parecían modelos salidos de un anuncio de yates de lujo u otra cosa que ella jamás podría comprar.

—¡Bienvenidos! —exclamó la Sra. Farill.

—La cena está casi lista —dijo el Sr. Farill tras darles la bienvenida—. Mientras esperamos que le den los toques finales, ¿quieren hacer un recorrido por la casa? Comencemos por el patio. Podrán saludar a Ninja y a Matador, nuestros perros pastores alemanes. Son preciosos, pero no sirven como perros guardianes.

La Sra. Farill tomó a la mamá de Paloma del brazo y siguió al Sr. Farill hacia el patio. Tavo le ofreció el brazo a Paloma.

—Te ves muy linda —dijo.

Paloma se sonrojó.

—Después de la cena, quiero mostrarte algo en la planta baja, ¿está bien? —añadió Tavo.

Luego del recorrido por la casa, que incluyó un estudio decorado con varios cuadros, una sala de cine y TV, un gimnasio que daba a una alberca de entrenamiento y un patio, todos disfrutaron de un festín de pollo con mole, un plato tradicional mexicano con chile picante y salsa de chocolate sobre el pollo. Paloma tomó varias fotos durante la noche, entre ellas, unas cuantas del mole. Mientras cenaban, la mamá de Paloma y los Farill hablaron de su proyecto en Coyoacán, pero la mayor parte del tiempo charlaron sobre la próxima fiesta por el cumpleaños de Frida Kahlo en la Casa Azul. La Sra. Farill presumió de que muchos de los artistas más famosos de México y varias de las familias más prominentes del país asistirían a la fiesta. Se exigiría una etiqueta formal y se les sugeriría a los invitados que llevaran máscaras.

—¿De quién fue la idea de hacer un baile de máscaras? —preguntó la mamá de Paloma—. Será muy divertido.

La Sra. Farill y Tavo señalaron al Sr. Farill y luego se echaron a reír al ver que lo habían hecho al mismo tiempo. El Sr. Farill se encogió de hombros.

—Me declaro culpable —dijo, con una sonrisa traviesa—. Me pareció que sería una manera muy original de celebrar a Frida. Todos irán con máscaras y nadie sabrá realmente quién es quién.

—Pero fue una idea de último minuto —dijo la Sra. Farill

señalando a su esposo con un dedo acusador—. Las invitaciones estaban listas para ir a la imprenta desde hace dos semanas. Y, de pronto, se le ocurrió esa idea. Me encanta, pero me hubiese gustado que se le ocurriera antes. Bueno, el asunto es que tuve que cambiar las invitaciones para añadir "baile de máscaras".

—Las invitaciones quedaron preciosas —dijo el Sr. Farill.

—Me dijeron que va a haber mariachis como en la recepción de la otra noche, ¿es cierto? —preguntó Paloma, quien sabía que la banda de Lizzie ensayaría en la Casa Azul.

—Por supuesto. Tendremos varios grupos de mariachis tocando durante la noche. Y habrá bailes folclóricos también —dijo la Sra. Farill, emocionada—. Para Frida, ¡todo lo mejor!

Después de la cena, sirvieron el café. Poco después, el Sr. Farill se disculpó y regresó a su oficina a trabajar. La mamá de Paloma y la Sra. Farill fueron al patio a tomar el café y charlar un poco más sobre la fiesta. Tavo y Paloma las acompañaron unos minutos hasta que Tavo invitó a Paloma a ir a la planta baja a jugar billar.

Paloma lo siguió por una escalera de caracol hasta una habitación amplia, rodeada de libreros empotrados en la pared. A un lado, había una mesa de billar y, a la derecha, una gran puerta de vidrio daba a una bodega llena de botellas de vino. A través de las puertas, Paloma vio una pequeña pintura colgada sobre una mesa alta y plateada con tres banquitos también plateados a su alrededor. Tavo fue hasta la puerta de vidrio y trató de darle vuelta al picaporte.

—No tengo permiso para entrar en la bodega. Siempre está cerrada con llave, pero sé dónde está la llave —dijo con una sonrisa traviesa—. ¿Me retas a que la busque?

—Te reto doblemente —dijo Paloma para seguirle el juego.

Tavo fue hasta un librero y sacó un libro. Lo abrió y sacó una llave de su interior. Se la mostró a Paloma con una sonrisa de satisfacción.

—¡Ta-da! —exclamó, y abrió la puerta de la bodega—. ¡Ábrete, sésamo!

Paloma entró con Tavo a la bodega. El chico desapareció tras un estante y regresó con una botella oscura en la mano.

—Esta botella vale cinco mil dólares —dijo, mientras jugaba con ella.

Paloma tembló de solo mirarlo.

—Por favor, no la dejes caer. Esa cantidad es casi la renta de nuestro apartamento por cuatro meses —dijo.

Tavo lanzó la botella al aire y la atrapó. Paloma puso los ojos en blanco. ¿Por qué los chicos tenían que ser a veces tan odiosos? Tavo se echó a reír y puso la botella de vuelta en su lugar.

—¿Y cuánto vale ese cuadro tan repulsivo? —preguntó Paloma.

En la pintura, se veía a un anciano con muchas arrugas y un sombrero amarillo muy estrujado. En el cuello tenía una gorguera blanca de piel, pero lo que asustó a Paloma fueron sus ojos disparejos.

—¡Ay! —dijo Paloma con un escalofrío—. Es un arlequín, ¿verdad? Siento que se me eriza la piel.

—¿No te gusta Picasso? —preguntó Tavo.

—¿Es de Picasso? —dijo Paloma y vio su firma en la esquina inferior derecha del cuadro—. ¿Es un original? La gente paga millones por un cuadro de Picasso, ¿no es cierto?

—Sí, pero, ¿sabes que un cuadro de Frida se vendió por casi ocho millones de dólares en Nueva York hace unos años? —dijo Tavo.

—Bien hecho, Frida —dijo Paloma y levantó el puño al aire—. Lástima que no esté viva para disfrutarlo. Si estuviera viva, probablemente se compraría más collares de colibríes. Uno nunca tiene suficientes collares de colibríes.

—Me alegra que pienses así —dijo Tavo—. De veras estabas prestando atención la noche de la recepción.

—Ayer fui otra vez a la Casa Azul —dijo Paloma.

—Mi papá me dijo que te había visto, que estabas con tu tutor de español. ¿Cómo va eso? Yo podría ayudarte con el español, si quisieras. No me tendrías que pagar nada.

—Fue idea de mi mamá. Me inscribió en un programa de tutorías de español y esta semana comienzo un curso de Introducción al Arte y la Cultura de México y clases de español —dijo Paloma con una mueca de disgusto.

—¿No puedes salirte de eso?

—¡Ojalá! —exclamó Paloma—. En realidad, no me disgusta mi tutor, pero el curso de verano es peor que ver a la gente limpiarse los dientes con hilo dental.

Tavo se rio.

—Pero mi tutor no es malo —continuó Paloma—. Es

un chico muy agradable. Tal vez lo conoces... se llama Gael Castillo. Tiene la misma edad que nosotros y creo que vive cerca de aquí. Me pareció verlo en un taxi detrás de nosotros cuando llegamos a la caseta de seguridad.

—No me suena, pero yo solo vivo aquí durante el verano —dijo Tavo y se encogió de hombros.

Paloma se mordió el labio. Quizás el chico que había visto en el taxi no era Gael. Al fin y al cabo, no era el único joven que usaba un gorro tejido de color negro.

—¿Puedo tomarle una foto a ese repulsivo cuadro de Picasso? —preguntó Paloma para olvidar a Gael.

Tavo aplaudió entusiasmado.

—Un *selfi* en la bodega prohibida de mi padre. Como para darle una lección, ¿verdad? —dijo y sacó su celular del bolsillo trasero de su pantalón.

Paloma sonrió pero, por dentro, sintió pena por Tavo. La noche que se conocieron, después de que Lizzie tocara aquella triste melodía con su trompeta, Tavo le dijo que él era un chico solitario. Ahora se daba cuenta de por qué lo había dicho. Sus padres lo llevaban de España a Arizona y de vuelta a México a su antojo. Probablemente, no le daba tiempo a hacer amigos de verdad en ningún lugar.

—¿Lista? —preguntó Tavo.

El chico tomó varios *selfis* de ambos con el cuadro detrás.

—Mándamelas —dijo Paloma y le dio su número de teléfono.

—Te las acabo de enviar —dijo Tavo.

En la pantalla del teléfono de Paloma apareció una foto. Mientras la observaba, se dio cuenta de que, sobre la mesa, había una moneda dorada que no había notado antes. Miró la foto otra vez y le pareció ver una luz verde que provenía del techo encima del cuadro. Una cámara de seguridad.

—¡Tavo! —dijo Paloma mientras le enseñaba la luz verde—. Tu papá nos debe de estar observando.

Tavo le hizo un guiño.

—Las cámaras están filmando, pero él no las ve. Aún no sabe cómo acceder a ellas desde la computadora. Lo sé porque yo fui quien se las configuró. No tiene ni idea de cómo funciona el sistema —dijo.

Paloma estaba sorprendida de no haber notado la moneda y la luz verde hasta que vio la foto. ¿Cuántas veces su mamá le había dicho que dejara de prestarle atención al teléfono y mirara a su alrededor? Aunque no le gustara admitirlo, su mamá tenía razón.

Camino a casa, la mamá de Paloma se quedó dormida en el carro. "Tengo que terminar mi ensayo", murmuraba entre sueños. En ese momento, comenzó a llover.

—Por supuesto que tenía que llover —dijo Paloma en voz alta, negando con la cabeza.

Como si no fuera lo suficientemente difícil escaparse de casa por las ramas de un árbol. Su teléfono comenzó a vibrar. Acababa de recibir un mensaje de texto de Gael.

¿Cómo estuvo la cena?

Paloma le envió un *emoji* con el pulgar hacia arriba. Luego, le envió varias de las fotos que había tomado del pollo con mole, el cuarto de cine y TV, la alberca, el *selfi* con Tavo y los dos preciosos pastores alemanes.

Su teléfono volvió a vibrar.

No te acobardes esta noche. Iremos, esté lloviendo o no.

No se iba a acobardar. Tenían que entrar en el cuarto secreto. Su mamá estaba tan cansada que nada la iba a despertar. No volvería a tener otra oportunidad igual para escabullirse de su casa. No, la misión tenía que ejecutarse esa noche.

Capítulo 13

A medianoche, en la Casa Azul

Diez minutos antes de la medianoche, dejó de llover. Lo único que se escuchaba eran los ronquidos de la mamá de Paloma que hacían vibrar toda la casa. Se parecían al sonido de una aspiradora tratando de tragarse una bufanda o una media. Cuando su mamá roncaba así, nada la despertaba.

Paloma salió por la ventana de su habitación vestida con unos *jeans* negros, zapatillas, una blusa de mangas largas, un impermeable y una gorra de béisbol. Se agarró de una rama mojada y apoyó los pies en otra. Vio a Gael y a Lizzie esperándola al otro lado del portón. Gael la saludó con la mano y Paloma estuvo a punto de devolverle el saludo, pero recordó que se hallaba a casi veinte pies de altura. Los saludos tendrían que esperar. En pocos minutos, había llegado al suelo y salido por el portón. Cerró la puerta con cuidado y le pasó la llave.

Paloma intercambió sonrisas con Gael y Lizzie, quienes también iban vestidos de negro. Lizzie se había recogido el pelo en dos trenzas y llevaba el estuche de su trompeta, también negro, colgado de una correa que le cruzaba el pecho, como si llevara un arco y un carcaj con flechas.

—Todo listo —susurró Gael—. Lizzie dejó la puerta sin seguro tras el ensayo de los mariachis.

—Vamos —dijo Lizzie bajito, pero con urgencia.

Gael y Paloma la siguieron. Caminaron por calles oscuras y con baches, apenas iluminadas por unas pocas luces. Paloma lo observaba todo a su alrededor. Coyoacán era un barrio muy hermoso a medianoche. El resplandor dorado del alumbrado público hacía brillar las calles adoquinadas como si estuvieran pavimentadas con piedras mágicas brillantes. Se sentía como Lulu Pennywhistle en medio de una de sus aventuras. El corazón le palpitaba con fuerza.

—La cena con Tavo debió de ser exquisita —dijo Gael—. Me encantó la foto del pollo con mole.

—Sabía que te iba a gustar esa —dijo Paloma—. ¿Viste el cuadro de Picasso? Te mandé la foto desde la bodega...

—¿Un original? —preguntó Lizzie y miró hacia atrás, pero sin dejar de avanzar hacia la Casa Azul.

—Creo que sí —dijo Paloma—. Estaba firmado.

—Qué bien —dijo Gael.

—Y, antes de irnos, la Sra. Farill nos invitó a mi mamá y a

mí a ir con ellos al centro de la ciudad el domingo a ver otras obras de Frida y Diego.

—¿Vas a ver a Tavo otra vez? —preguntó Gael.

—Creo que sí. Quiero saber más sobre Frida, reunir más pistas —dijo Paloma, pensando que quizás Gael estaba celoso.

El chico se encogió de hombros y guardó silencio hasta que llegaron a la calle Londres.

Lizzie pasó frente a la entrada principal de la Casa Azul y siguió de largo. Se detuvo ante la puerta lateral que da a la calle Allende. A la luz dorada del alumbrado público, Paloma vio pintadas en la puerta la bandera mexicana y otra bandera con franjas azules y un círculo amarillo.

—Ojalá que nadie le haya echado el cerrojo —dijo Lizzie cruzando los dedos, y abrió la puerta—. Vamos.

Se hizo a un lado para dejar entrar a Gael y a Paloma. El jardín estaba a media luz. A Paloma le tomó unos segundos adaptarse a la semioscuridad hasta que logró divisar la silueta de los árboles, las plantas y los lirios que adornaban el patio de Frida.

—¿Cuál es el plan? —preguntó.

—Me quedaré aquí escondida vigilando. Si viene un guardia de seguridad o cualquier otra persona, silbaré como un pájaro. Gael conoce el silbido. Avancen encorvados para que las cámaras de seguridad no capten sus caras.

Paloma sintió miedo al pensar que un guardia de seguridad o un policía pudiera descubrirlos. Hubiese querido ser tan valiente como Lulu Pennywhistle, pero un escalofrío le recorría la espalda. Gael debió notarlo porque le apretó el brazo.

—Todo saldrá bien —dijo—. Lizzie vigilará mientras nosotros revisamos el cuarto y nos convertimos en héroes.

Lizzie regañó a su hermano y le lanzó una mirada fulminante que le hizo bajar la cabeza como un niño avergonzado.

—No te haré perder el tiempo —dijo.

—No compliquen las cosas —dijo Lizzie—. Entren al cuarto, vean lo que hay dentro y salgan de una vez. Apúrense. Y no usen esto hasta llegar a la puerta —añadió, dándole a Gael una pequeña linterna—. ¡Buena suerte!

Gael y Paloma cruzaron el jardín de prisa, pasaron la tienda de regalos, doblaron por la cafetería y fueron hacia el árbol que habían descubierto. Cuando se metieron entre las ramas, Paloma no podía creer lo que veía.

¡La puerta estaba abierta! El resplandor de una luz salía por ella. Paloma miró a Gael.

—¿Qué hacemos? —le dijo con los labios, sin emitir sonido alguno.

Gael se puso un dedo sobre los labios. Paloma asintió. Aunque el corazón se le quería salir por la boca, no iba a hacer ningún ruido. Gael se acercó a la puerta abierta. Se detuvo cuando escuchó que el árbol crujía y lanzaba una lluvia de hojas al suelo. Paloma se secó las palmas de las manos en el pantalón.

Gael agarró el picaporte de la puerta y se asomó para echar un vistazo al interior del cuarto.

Paloma sintió que se le ponía la carne de gallina. Rogó que no hubiese nadie dentro. Gael asintió con la cabeza y le indicó con la mano que se acercara. Paloma sintió que se iba a desmayar, pero logró mover un pie y luego el otro y seguir a Gael al interior del cuarto. Bajo la luz del foco que colgaba del techo, vieron una habitación llena de escaleras de mano, latas de pintura, una carretilla y dos sillas de ruedas cubiertas con sábanas. Paloma dejó escapar un suspiro.

—Es un cuarto de limpieza.

Gael alumbró con la linterna un rincón oscuro.

—Por eso estaba abierto —dijo Gael—. Quizás haya un conserje trabajando esta noche. Vámonos, antes de que regrese.

—¿Qué es eso? —preguntó Paloma y alumbró con la linterna de Gael algo que había en el piso, cerca de una silla de ruedas.

Parecía una moneda de oro. Paloma la recogió.

—Es un peso mexicano, creo —dijo, y se lo mostró a Gael—. Pero tiene algo pegado.

—Es una mancuernilla —susurró Gael tomando la mancuernilla y pasándosela de una mano a la otra—. Es muy pesada, de oro legítimo. Los hombres las usan con los trajes.

—¿Los conserjes usan mancuernillas? —preguntó Paloma, aunque sabía la respuesta.

—Al menos, no los que yo conozco —respondió Gael.

El silbido de Lizzie atravesó el jardín, las ramas del árbol y se clavó en el pecho de Paloma como una flecha. Alguien venía. Metió la mancuernilla en el bolsillo trasero de sus *jeans*, muerta del miedo. De pronto, no se pudo mover.

—¡Vamos! —dijo Gael y la agarró por el brazo.

Salieron de prisa pero, antes de que pudieran ocultarse, sintieron unos pasos.

La única salida estaba bloqueada. Gael miró hacia lo alto del árbol, como si fuera a escalarlo.

—¡Ni lo pienses! —susurró Paloma y lo haló hacia el interior del cuarto de limpieza.

La chica tomó una de las polvorientas sábanas de encima de las sillas de rueda y le indicó a Gael, con un gesto, que se metiera debajo de un antiguo escritorio de madera. Lo cubrió con prisa con la sábana y se escondió también debajo, apenas un segundo antes de que la puerta chirriara al abrirse.

Alguien entró en el cuarto. A través de un agujero de la sábana, Paloma distinguió unos zapatos negros elegantes y un pantalón negro de hombre. La luz de una linterna recorrió la habitación. Paloma y Gael se acurrucaron. Paloma se preguntó si el hombre estaría buscando la mancuernilla. ¿Sería suya? Volvió a mirar por el agujero. Gael le tocó el brazo y le indicó con un gesto que se estuviera tranquila. Pero ella no le hizo caso; tenía que saber quién era el hombre. Quería verle la cara, pero solo consiguió ver la parte trasera de una larga gabardina negra. El hombre recorrió la habitación sin prisa. Paloma notó que cojeaba. A cada paso que escuchaba, el corazón le daba un salto en el pecho. ¿Quién sería ese hombre? ¿Qué hacía allí? ¿Qué haría si los descubría? El hombre levantó la carretilla que había al otro lado del cuarto de limpieza y la volvió a colocar en el suelo.

De pronto, comenzó a hablar en español, como si supiera que ellos estaban allí. Paloma se encogió de miedo y Gael abrió los ojos como platos. Paloma solo entendió algunas palabras.

Muy pocas para saber a qué se refería. Gael la miró aterrorizado y le pidió, con un gesto, que no hablara.

En ese momento, algo le rozó el cuello a Paloma. Se tocó con la mano, con la esperanza de que no fuera una araña. Gael la miró fijo, advirtiéndole que no se moviera, pero ella no pudo evitarlo. La sensación de que algo caminaba sobre su piel no disminuía. ¡Tenía que ser una araña!

Paloma se rascó el cuello con desesperación y, sin querer, la araña fue a dar a la cara de Gael. El chico dejó escapar un chillido de sorpresa. Se hizo un silencio absoluto cuando Gael se tapó la boca con la mano, pero enseguida unos pasos se acercaron hacia donde estaban... y Paloma sintió que las manos del Hombre de la Gabardina la agarraban por los tobillos.

Capítulo 14

El Hombre de la Gabardina

Paloma gritaba y se retorcía mientras el hombre tiraba de ella para sacarla de debajo del escritorio. Gael la sujetaba por las manos, halándola hacia sí. La chica se sentía como una cuerda de la que tiran por ambos lados. De pronto, el Hombre de la Gabardina le vio la cara a Paloma y, por un momento, pareció confundido y aflojó las manos de sus tobillos. Paloma reaccionó y le dio una patada en la mandíbula. El hombre perdió el equilibrio y cayó hacia atrás, pero enseguida volvió a agarrarle los tobillos.

—¿Quién... —comenzó a decir el Hombre de la Gabardina.

Pero una segunda persona entró en el cuarto en ese momento y le golpeó la cabeza con un objeto contundente. El hombre cayó al piso soltando un gemido.

—¡Vámonos! —gritó Lizzie y se colgó del hombro el estuche de la trompeta para ayudar a Paloma a levantarse.

Los hermanos arrastraron a Paloma, atravesaron el patio a toda velocidad y salieron por la misma puerta lateral por la que habían entrado.

—¿Estás bien, Paloma? —susurró Lizzie—. Respira.

Las lágrimas brotaban de los ojos de Paloma. No podía creer lo que acababa de suceder. Lizzie y Gael la llevaban casi a rastras por la calle Allende. Sentía el aire espeso, como si tratara de respirar a través de una manta gruesa. Trató de que sus amigos se detuvieran plantando los pies firmemente en la acera, pero ellos la levantaron en peso y siguieron avanzando.

—Tenemos que alejarnos un poco más —susurró Lizzie—. No podemos detenernos aún.

—Me falta el aire —dijo Paloma, jadeando.

No sabía dónde estaban, pero al fin se habían detenido detrás de unos arbustos. Paloma se derrumbó sobre el suelo húmedo y trató de recuperar el aliento. Lizzie se inclinó sobre ella para darle un masaje en la espalda.

—Tranquila, Kansas —susurró Lizzie y encendió la linterna para ver si Paloma se había lastimado los tobillos—. Estás bien, cálmate.

Poco después, Paloma se sentía mejor.

—Pensé que nos iba a lastimar —dijo, y trató de contener el llanto.

Gael se agachó junto a Paloma y continuó dándole masajes en la espalda mientras su hermana vigilaba la calle.

—Lizzie le dio un tremendo golpe con el estuche de la trompeta —dijo Gael—. Como te he dicho, no es bueno enojar a una mariachi.

—No es gracioso, hermano —dijo Lizzie.

—Tú eres fuerte también, Paloma —dijo Gael—. Peleaste duro.

Paloma le sonrió sin convicción. No se sentía nada fuerte. Más bien, se sentía exhausta y confundida.

—Ese hombre *no* era un conserje —dijo Paloma mientras se daba un masaje en los tobillos. Le dolían, pero no estaban magullados—. ¿Quién era? Habló en español, pero sonaba raro.

—¿Les dijo algo? —preguntó Lizzie—. ¿Qué les dijo?

—Dijo que sabía que estábamos allí —respondió Gael.

—Y también dijo algo sobre el anillo —dijo Paloma—. Sé que oí esa palabra.

Gael negó con la cabeza.

—No, no pronunció la palabra "anillo".

—Sé muy poco español, pero sé que lo dijo —respondió Paloma.

No podía creer que Gael lo negara. De todo lo que el hombre dijo, lo único que había entendido era esa palabra. ¿Habría escuchado mal?

—No importa —dijo Lizzie y miró a su hermano con preocupación—. Lo vi atravesar el patio cojeando y por eso fue que les silbé. Salió de la nada, como si hubiera estado dentro del museo desde que llegamos. Debe de haberlos visto cuando atravesaron el patio.

—Escuchamos el silbido, pero ya era demasiado tarde —dijo Paloma—. Tuvimos que escondernos.

—Tal vez fue él quien abrió la puerta del cuarto antes de que nosotros... —comenzó a decir Gael.

—Escucho algo —susurró Lizzie interrumpiendo a su hermano.

Lizzie se asomó por entre los arbustos para observar la calle. Luego avanzó unos pasos y se escondió detrás de un árbol cercano para mirar hacia el museo. Gael y Paloma contenían el aliento. Al principio, solo escucharon el zumbido de la brisa nocturna pero, poco después, oyeron el rumor de un carro que se detenía. Lizzie regresó corriendo al escondite detrás de los arbustos y se agachó junto a Paloma.

—No se muevan. Viene un carro.

Unos segundos después, se acercó un carro negro y se detuvo en medio de la calle. Al sentir la puerta abrirse, un escalofrío recorrió a Paloma. Todo lo que quería era marcharse de allí. Gael percibió su nerviosismo y le tomó la mano. Paloma miró a través de las ramas y vio al Hombre de la Gabardina salir del carro y alejarse caminando. En la noche, solo se escuchaba su rítmico caminar: un paso adelante, un pie que se arrastraba y otro paso adelante. Paso. Arrastre. Paso. Arrastre. Paso. De pronto, Paloma volvió a sentir dolor en los tobillos.

El chofer del carro se había quedado dentro. Paloma trató de ver quién era, pero solo divisó su sombra. Cuando el Hombre de la Gabardina regresó, Paloma lo vio frotarse el lado de la cabeza donde Lizzie lo había golpeado con el estuche de la trompeta, mientras soltaba un montón de palabras incomprensibles. Pudo reconocer, sin embargo, que se trataba del mismo idioma en el que la adivina les había hablado a los turistas. Por fin, el carro partió.

—Aún no estamos a salvo. Tenemos que irnos —dijo Lizzie tan pronto el carro desapareció de vista, y ayudó a Paloma a levantarse.

Los chicos salieron a toda carrera por la calle Allende y luego por la calle París y no pararon hasta llegar a la casa donde se hospedaba Paloma. Lizzie tomó la llave de la temblorosa mano de Paloma y abrió el portón. Entonces, los tres escalaron el árbol mojado hasta la habitación de Paloma. Una vez adentro, Paloma y Gael se sentaron en la cama con las piernas cruzadas mientras Lizzie vigilaba la calle desde la ventana.

—¿Crees que el Hombre de la Gabardina nos siguió? —preguntó Paloma.

—No sé —respondió Lizzie encogiéndose de hombros—. Quienquiera que sea, ojalá haya dejado de perseguirnos.

—¿En qué idioma hablaba? ¿Era francés o alemán? ¿Pudieron reconocerlo? —preguntó Gael.

Paloma asintió.

—Creo que era ruso —dijo.

—Sin dudas, era ruso —dijo Lizzie y le lanzó una mirada seria a su hermano—. Aquí pasa algo, Gael. Algo más grande de lo que nos imaginamos.

Gael abrió los ojos.

—¿Qué quieres decir con "más grande de lo que nos imaginamos"? —preguntó Paloma.

Lizzie se puso a mirar por la ventana mientras Gael se revolvía, incómodo, en la cama.

—¿Qué es lo que pasa? —preguntó Paloma, segura de que ocultaban algo—. ¿Qué querrían los rusos de la casa de Frida? ¿Por qué ese hombre fue al cuarto de limpieza? Estaba buscando algo, como nosotros, y estoy segura de que dijo la palabra anillo.

—Si él también está buscando el anillo... —dijo Lizzie y miró a su hermano—. Tenemos que encontrarlo antes que él.

—Lo encontraremos —dijo Paloma.

De repente, la puerta de la habitación se abrió de par en par. La mamá de Paloma apareció, en bata y pantuflas.

—¡Paloma Jane Márquez! ¿Dónde andabas? Me desperté y vi tu cama vacía. ¡Vacía! —gritó y se dejó caer a los pies de la cama, llevándose las manos a la cara—. Pensé que te habían secuestrado o que algo malo había pasado —añadió, entre sollozos, mientras se limpiaba la nariz con una toallita de papel que sacó del bolsillo de la bata—. ¿Dónde estabas?

—Lo siento —dijo Paloma y tomó las manos de su mamá entre las suyas—. Te lo puedo explicar.

—¿De veras? —gritó su madre mientras la abrazaba—. Estoy tan enojada contigo. Estaba en el comedor llamando al profesor Breton para pedirle ayuda mientras esperaba, de un momento a otro, una llamada de la policía con malas noticias. ¡Otra llamada terrible, Paloma!

Paloma sabía bien a qué se refería su mamá. Había recibido una llamada así nueve años antes, mientras esperaba en casa por su esposo. Paloma sintió el corazón de su mamá, que parecía que se le iba a salir del pecho, y la abrazó con más fuerza. Le dolía verla llorar. Aún más, sabiendo que era por su culpa.

—Ya estoy aquí, mamá —dijo entre lágrimas—. Siento haberte asustado.

La mamá de Paloma se separó de su hija y se puso de pie.

—Ustedes dos no pueden venir más a esta casa —les dijo a Gael y a Lizzie.

—¡Mamá! —protestó Paloma—. Es culpa mía. Quería comer churros.

—No importa —dijo la mamá de Paloma—. Confié en los tres y ahora sé que no debí hacerlo.

—Lo siento, Sra. Márquez —dijo Lizzie.

—Disculpe —añadió Gael—. Nuestra intención no era preocuparla. Solo queríamos pasear un rato...

—Sra. Márquez... —dijo Lizzie.

—Pues espero que haya valido la pena, porque es la última vez que van a salir con mi hija —sentenció la mamá de Paloma.

—Sra. Márquez... —repitió Lizzie.

—Mañana llamaré a sus padres.

—Sra. Márquez, hay un hombre parado en el portón —dijo Lizzie con impaciencia, sin quitar la vista de la ventana.

—¿Quién, el profesor Breton? —preguntó la mamá de Paloma, sorprendida, y corrió hacia a ventana. Cuando miró hacia afuera, se le cortó el aliento.

Gael y Paloma se acercaron a mirar. Paloma rogó que fuera el profesor Breton que venía a auxiliar a su mamá, pero presentía que no era así. El Hombre de la Gabardina esperaba, inmóvil, junto al portón.

—Ese no es el profesor Breton. ¿Quién es? —preguntó la mamá de Paloma.

Paloma sintió pánico. ¿Habrían cerrado bien el portón al entrar?

—Está tratando de abrir el portón —dijo Lizzie, también muerta de miedo.

El hombre empujó el portón con el cuerpo y luego haló el picaporte.

—¿Quién es ese hombre? —preguntó la mamá de Paloma.

Aterrorizada, Paloma tomó a su mamá por la mano y la haló para que se apartara de la ventana. Por la mirada de Gael, supo que él también había reconocido al Hombre de la Gabardina.

—¿Cuánto tiempo hace que está ahí? —preguntó la mamá de Paloma.

—Acaba de llegar —respondió Lizzie.

—¿Los estaba siguiendo?

Los chicos se encogieron de hombros.

—Voy a llamar a la poli...

En ese momento, un carro negro se detuvo frente a la casa. Los chicos escucharon el conocido "paso, arrastre, paso, arrastre" hasta que el hombre se metió en el carro y este desapareció en medio de la noche.

Capítulo 15

Guardar un secreto

Paloma tomó asiento en el fondo del aula y sacó sus tarjetas en blanco. Había sido la primera en llegar a la clase de Introducción al Arte y la Cultura de México. Ya habían pasado veinticuatro horas desde que su mamá había descubierto que se había escapado de casa con Gael y Lizzie. Se había pasado un día entero en casa pidiendo disculpas a su mamá y pensando obsesivamente en el Hombre de la Gabardina. Estaba desesperada por hablar con Gael y Lizzie, pero su mamá le había quitado el teléfono y le había prohibido ver a los hermanos por el resto de su estancia en Coyoacán. Incluso, la amenazó con llamar al programa de mentores de la universidad o, peor aún, a los padres de Gael y Lizzie. Paloma nunca la había visto tan enojada.

Pero ni siquiera eso iba a impedirle hallar el anillo del pavo real. Estaba más decidida que nunca. El haber visto al Hombre de la Gabardina en el cuarto de limpieza a medianoche demostraba que estaban tras la pista correcta. Paloma sacó las tarjetas donde había hecho sus anotaciones.

El Hombre de la Gabardina

Gabardina negra, pelo negro, pálido, alto, cojea al caminar, habla ruso, habla español, también está buscando algo en el cuarto de limpieza. Sabe dónde vivo en Coyoacán.

Ese último detalle la hacía temblar . ¿Estaría en peligro? ¿Habría puesto a su mamá en peligro? Revivía en su mente los sucesos de aquella noche, tratando de recordar algo que la ayudara a entender lo que estaba sucediendo.

El bolígrafo de Paloma comenzó a correr por la tarjeta, añadiendo nuevas ideas.

Cuando me vio, se sorprendió. Cuando dijo en español que sabía que "nosotros" estábamos allí, ¿a quién esperaba encontrar en aquel cuarto?

Poco después, un grupo de estudiantes de todas las edades entró al aula. Hablaban inglés, pero algunos lo hacían con mucho acento. Nunca había estado en una clase con adultos y adolescentes, mucho menos con estudiantes europeos. Paloma recogió las tarjetas y sonrió con timidez a los recién llegados, quienes ocuparon los asientos a su alrededor.

—¡Bienvenidos a la clase Introducción al Arte y la Cultura de México! —dijo una voz cantarina que Paloma reconoció enseguida.

El profesor Breton acababa de entrar al aula. Abrió su computadora y se sentó en el borde del escritorio, de frente a los alumnos.

—¡Bienvenidos! —repitió el profesor, guiñándole un ojo a Paloma—. El objetivo de este curso de cuatro semanas es que se familiaricen con la rica cultura, el arte y las tradiciones de México. Por supuesto, no podemos estudiar una cultura tan diversa en solo cuatro semanas. Eso, amigos míos, ¡es imposible! Esta clase es apenas un paseo por la playa para mojarse los pies. Una vez que la terminen, depende de ustedes si quieren zambullirse.

Aunque Paloma se sentía fuera de lugar por ser la más joven de la clase, saber que el profesor Breton la impartiría la hizo sentir mejor. Después de todo, dos noches atrás, cuando llegó a su casa, calmó a su mamá y llevó a Gael y a Lizzie a su casa. Quizás, el profesor Breton podría ser su aliado.

El profesor Breton se puso de pie y comenzó a pasar diapositivas que mostraban diferentes tradiciones culturales y expresiones artísticas mexicanas. Cuando se detuvo en una imagen de Frida Kahlo, Paloma se enderezó en la silla. Era un autorretrato que nunca había visto. En el cuadro, Frida llevaba una blusa blanca y estaba sentada. En su regazo tenía dos loros y otros dos estaban posados en sus hombros. La pintora llevaba varios anillos en los dedos.

—Esta es la pintora Frida Kahlo —dijo el profesor Breton—. Probablemente, muchos de ustedes hayan oído hablar de ella y hayan visitado la Casa Azul, aquí en Coyoacán, ¿no es cierto?

Paloma miró a su alrededor. Unos cuantos estudiantes asintieron.

—Profesor, ¿por qué Frida tenía las cejas tan peludas? —preguntó una adolescente con acento americano—. ¿No le gustaba depilarse?

Todos se echaron a reír, incluyendo a Paloma. Cuando vio el póster de Frida por primera vez en el aeropuerto, también había dicho que Frida necesitaba ir al salón de belleza. Ahora, sin embargo, veía las cosas de otro modo. La risa se apagó y Paloma levantó la mano.

El profesor Breton le dio permiso para hablar.

—Cuando vi uno de sus primeros autorretratos, pensé lo mismo —dijo Paloma—. Pero, luego supe cómo la pintura le salvó la vida. Para ella, pintar era ser libre. No pintaba lo que la sociedad esperaba que pintara. Pintaba lo que sentía. Ahora que sé un poco más sobre Frida, ya no creo que sus cejas sean peludas. En ellas veo un pájaro con las alas abiertas para echar a volar. Y creo que eso es un reflejo de su alma.

La clase se quedó en silencio. Paloma sintió que todos la miraban. ¿Verían ellos lo mismo que ella?

—Eso es muy profundo —dijo la chica que había hecho la pregunta, y miró a Paloma con una sonrisa—. ¿No serás la profesora de arte más joven del mundo?

Paloma se sonrojó. Sintió que estaba a punto de desmayarse de la vergüenza.

—Bien dicho, Paloma —dijo el profesor Breton—. Y puedo añadir que Frida fue una de las pocas pintoras reconocidas en la época en que Picasso, Matisse y el esposo de Frida, Diego Rivera, recibían toda la atención del mundo del arte. Es una artista tan importante que el gobierno mexicano declaró su obra patrimonio nacional.

—¿Qué significa eso? —preguntó Paloma.

—Significa que su obra y sus objetos personales no pueden ser sacados del país sin un permiso especial del gobierno mexicano, difícil de conseguir.

Paloma trató de sacar sus tarjetas a toda velocidad para anotar lo que el profesor Breton había dicho pero, con el apuro, se le cayeron al piso. Las recogió enseguida y se detuvo para recuperar el aliento. ¡Tenía que calmarse! ¿Sabrían Gael y Lizzie que la obra de Frida estaba protegida por el gobierno mexicano?

Durante el recreo, Paloma fue con otros estudiantes a un puesto de jugos que había frente a la escuela. Se sentó en un banco de piedra a tomarse un jugo y a leer sus notas. De pronto, oyó que la llamaban.

—¿Puedo hablar contigo? —preguntó Gael saliendo de entre unos árboles.

Paloma miró a su alrededor para ver si el profesor Breton estaba cerca.

—Ven —dijo, contenta de ver a Gael. Le dio un abrazo—. ¿Cómo sabías que estaba aquí?

—Te llamé ayer, pero tu mamá me dijo que te había quitado el teléfono —dijo Gael, apenado—. Lizzie y yo lo sentimos mucho.

—No se preocupen —dijo Paloma—. En algún momento me lo devolverá. Nunca se enoja por mucho tiempo.

—Quería saber si estabas bien. Las seguí, a ti y a tu mamá, desde que tomaron el autobús cuando salieron de casa. Cuando te bajaste, yo también me bajé y me quedé aquí esperando a que salieras. ¿Qué pasa? ¿Por qué estás aquí en esta fábrica académica de títeres? —dijo Gael y movió los brazos como si fuera una marioneta.

—Sin dudas, hablas como un artista. Te dije que mi mamá me había inscrito en clases de verano. Quiere que esté ocupada y aproveche al máximo las oportunidades que se me ofrecen en México —dijo Paloma con tono profesoral—. Y aquí estoy, aprovechando la oportunidad. Después de esta clase, tengo español para principiantes.

—¡Qué horror! —dijo Gael con una mueca—. Te enseñarán cosas como: "Hola, amigo. ¿Cómo estás?". Ya tú no estás para eso.

—No lo sé. Pero, de todas formas, muchas gracias. Y tú y Lizzie, ¿están bien? ¿Ya mi mamá llamó a tus padres?

—No, todavía. Ojalá no lo haga. Mi papá está superocupado en Nueva York y mi mamá está preocupada porque él está lejos. No necesita más preocupaciones.

—Bueno, me alegra que hayas venido —dijo Paloma con una sonrisa—. En la clase, dijeron que la obra de Frida fue declarada patrimonio nacional por el gobierno de México. ¿No te parece un dato importante?

—Lo sabía —dijo Gael y se encogió de hombros—. Qué genial, ¿no?

Paloma se mordió el labio. Le disgustaba que, una vez más, Gael le ocultara cosas importantes sobre Frida.

—¿Qué? ¿Por qué no me lo dijiste? —preguntó.

—No me pareció importante —respondió Gael—. Disculpa.

—Como tampoco pensaste que la urna de Frida era importante, ¿verdad? ¡Claro que es importante! Cuando Lulu está resolviendo un caso, es importante entender por qué la gente hace lo que hace. Detalles así pueden ayudarnos a buscar el anillo —explicó Paloma mientras concebía nuevas teorías—. Si su obra y sus objetos personales están protegidos, eso los hace mucho más valiosos. Quizás el Hombre de la Gabardina está planeando sacar el anillo del pavo real fuera de México. El gobierno mexicano debe saberlo. Tenemos que decírselo.

—No le van a creer ese cuento a unos niños —dijo Gael—. Se reirán de nosotros.

—¿Podemos llamar a tu papá para pedirle más información? Tú me contaste que lo oíste mencionar el anillo del pavo real cuando estaba hablando por teléfono con un amigo. ¿Podríamos hablar con ese amigo?

—Imposible —dijo Gael—. No sé quién era ese amigo y apenas he hablado con mi papá desde que se fue a Nueva York. Hablamos con él cada dos semanas. Está muy ocupado.

—Pero, ¿acaso la historia del Hombre de la Gabardina no cambia las cosas? Si él encuentra el anillo primero que nosotros, nunca lo recuperaremos. No podemos permitirlo.

Gael jugaba con la medalla del guerrero águila que le colgaba al cuello y movía los pies, incómodo.

—Es cierto lo que dices, pero no podemos hablar con mi papá de este asunto —dijo—. Eso no ayudaría en nada.

Paloma lo miró fijamente. Algo no estaba bien. Decepcionada, se volteó hacia el otro lado y vio que los demás estudiantes regresaban a la clase. Se hizo un silencio extraño.

—¡Oh, querida Frida, voy tarde a clases! —exclamó Paloma y tomó el bolso y el jugo—. Me tengo que ir. Si me vuelvo a meter en problemas, mi mamá me enviará de regreso a Kansas. ¡En serio! Anoche estaba viendo los vuelos.

Gael se levantó e intentó seguirle el paso a Paloma, quien caminaba de prisa de regreso a la escuela.

—Siento mucho que te hayamos metido en problemas —dijo finalmente.

—Sobreviviré. Mira, lo importante es que continuemos buscando el anillo, pero necesitamos una manera de comunicarnos. Junto al portón del frente de mi casa, hay una maceta. La has visto, ¿verdad?

Gael asintió.

—Podemos dejarnos mensajes ahí, bajo las hojas de la planta, hasta que mi mamá me devuelva el teléfono —continuó Paloma—. No podemos permitir que el Hombre de la Gabardina encuentre el anillo del pavo real. Nadie me lastima los tobillos y le roba a Frida sin pagar por ello.

—Suena bien —dijo Gael.

Cuando entró a la escuela, Paloma se volteó para ver a Gael alejarse. El corazón le daba saltos en el pecho. ¿Por qué no querría pedirle información a su papá? ¿Cómo era posible que no supiese con qué amigo hablaba él por teléfono? No quería aceptarlo pero, en el fondo, sabía que Gael le escondía algo. Pero, ¿qué? ¿Por qué?

Capítulo 16

El carro negro

A la mañana siguiente, antes de la clase, Paloma halló una nota de Gael en la maceta frente a su casa. Mientras su mamá cerraba el portón, metió la nota en su bolso para leerla más tarde. Por el rabillo del ojo, vio un carro negro estacionado a unas casas de la suya. No recordaba haberlo visto con anterioridad. ¿Sería el mismo carro que los siguió desde la Casa Azul, o se estaba poniendo paranoica? Se agachó como para atarse los cordones de las zapatillas para tratar de ver la placa del carro, pero no tenía ninguna, lo que le pareció muy extraño. ¿No es obligatorio que los carros tengan placa? Quizás, en México, las reglas eran diferentes...

Mientras caminaba con su mamá hacia la parada del autobús, Paloma se fijó en los carros que pasaban para ver si tenían placas. Todos tenían una. Debía decírselo a Gael y a Lizzie. ¿Habría un carro vigilándolos a ellos también?

Cuando llegó a la clase, Paloma se sentó y abrió la nota de Gael. En una tarjeta, había hecho un boceto de Frida Kahlo con los brazos cruzados sobre el pecho. La pintora parecía molesta. De su cabeza salía un globo que decía: "¿Dónde está mi anillo?". Paloma se echó a reír. Estaba impresionada con lo bien que dibujaba Gael. Junto al boceto había una nota: "Vimos un carro negro estacionado en nuestra calle anoche. Ten cuidado. Nos están vigilando".

Durante la clase de español, Paloma no podía parar de pensar en el carro negro. Se sintió aliviada cuando, por fin, terminaron las clases. Sin embargo, no le mencionó nada del asunto al profesor Breton, quien le había prometido llevarla a casa.

—Tu mamá nos invitó a almorzar a Pepe Coyotes —dijo el profesor mientras abría la puerta de su carro.

—Qué bueno, porque estoy muerta de hambre —dijo Paloma—. Me podría comer un millón de tacos.

—En ese caso, me alegro de que sea ella la que pagará.

Paloma se echó a reír.

—¿Ese es el restaurante que está cerca del Jardín Centenario? —preguntó.

—Exacto. Ya conoces el barrio, ¿eh?

El profesor Breton estacionó frente al parque, a unas cuadras de Pepe Coyotes. Cuando caminaban hacia el restaurante, Paloma vio a la adivina. Estaba recogiendo las alhajas que vendía y guardándolas en un bolso.

—¿Le importa si miro los anillos un momento?

—Por supuesto que no. Tenemos tiempo —dijo el profesor Breton mientras miraba la hora—. Llamaré a tu mamá para decirle que estamos cerca.

Paloma se acercó a la adivina, curiosa por saber hacia dónde se dirigía.

—¿No ha vendido mucho hoy? —le preguntó.

—Muy poco —respondió la mujer con el bolso entre las manos—. Me voy al mercado a ver si tengo más suerte. He estado buscando el anillo del pavo real que me pediste, pero no he hallado ninguno. ¿Hay algún otro anillo que te guste?

Paloma se quedó helada. Había olvidado que se le había ido la lengua con la adivina.

—Está bien. Gracias por buscarlo —dijo Paloma.

Miró hacia el puesto de churros y se llevó la mano a la medalla que Gael le había regalado. Los hermanos no estaban por ningún sitio.

—Esa medalla del guerrero águila que llevas al cuello, ¿te la dio el chico del gorro negro? —preguntó la adivina.

—¿Cómo lo sabe? —preguntó Paloma sorprendida.

—Me compró dos, pero he notado que últimamente sólo lleva una —respondió la mujer—. Lo recuerdo porque él fue uno de los primeros clientes que tuve en este lugar. Le dijo a su hermana que iban a necesitar protección. Él compró los guerreros aztecas. Ella, un crucifijo de oro. Les di un buen precio porque parecían desesperados.

Paloma dio un paso atrás.

—¿Desesperados? ¿Por qué? —preguntó intrigada.

—Por algo relacionado con su papá... Sí, creo que se iba de viaje.

A Paloma se le puso la piel de gallina. ¿Por qué habían comprado medallas para protegerse? ¿De qué necesitaban protegerse? Cuando le había dicho a Gael que la adivina le resultaba sospechosa, él no le dijo que le había comprado las medallas.

—Diles que tengan mucho cuidado —añadió la adivina—. Y tú también. Me tengo que ir. Hasta luego.

—¿Qué?

Mientras la adivina se alejaba, una postal se le cayó del bolso. Paloma la recogió y, mientras lo hacía, vio que el profesor Breton venía hacia ella. Estuvo a punto de llamar a la adivina, pero cambió de opinión cuando vio la postal. No era lo que parecía.

—Eh, ¿esa es una invitación para la fiesta en la Casa Azul? ¿Cómo una adivina consiguió que la invitaran a la fiesta del año? —dijo el profesor—. Vamos, estamos retrasados.

En el restaurante, la mamá de Paloma le puso un plato de tacos de pollo delante. Paloma les agregó salsa y repasó en la mente la conversación que acababa de tener con la adivina. ¿Por qué habrían estado desesperados Gael y Lizzie? ¿Porque su papá se iba a Nueva York? Eso no tenía sentido.

—Tu hija anda buscando un anillo de pavo real —dijo de pronto el profesor Breton sacando a Paloma de sus pensamientos.

Paloma lo miró y puso los ojos en blanco.

—¿Qué hice? —preguntó el profesor, confundido—.

Disculpa, pensé que eso fue lo que dijo la adivina. Dijo que querías un anillo de pavo real, ¿no? Lo siento. ¿Arruiné una sorpresa?

—Paloma, no vuelvas con lo de los anillos —dijo su mamá, negando con la cabeza—. ¿Desde cuándo te interesan tanto las joyas? ¿Es porque cumpliste doce años? Leí algo sobre eso. Hoy son las joyas, mañana serán el rímel y los pintalabios. Te juro que no estoy preparada para nada de eso.

El profesor Breton miró, comprensivo, a la mamá de Paloma. La chica, por su parte, le dio una mordida a un taco y observó a su mamá. Hubiese querido decirle que no tenía que preocuparse por el rímel y los pintalabios, pero se quedó en silencio. Eso de resolver misterios le abría el apetito.

—Bueno, si tu mamá no te compra un anillo de pavo real, con gusto te compraré uno, Paloma —dijo el profesor Breton—. Ha sido un placer tenerte en mi clase los dos últimos días.

—¿De veras? —preguntó la mamá de Paloma.

—¿Por qué lo dices en ese tono, mamá? La clase no es nada aburrida.

—Gracias —dijo el profesor y miró a la mamá de Paloma—. Deberías haberla visto en acción ayer. Podría enseñar un curso sobre Frida Kahlo. Los otros estudiantes estaban asombrados. Hoy se la han pasado haciendo preguntas sobre Frida. Paloma ha aprendido muchísimo en el poco tiempo que lleva aquí.

—¿De veras? —repitió la mamá de Paloma.

—¿Por qué te parece tan increíble? —le preguntó Paloma a su madre—. Te he dicho que he estado haciendo cosas útiles y aprovechando las oportunidades. He estado aprendiendo sobre

Frida Kahlo, una de las artistas más talentosas y controversiales de México, pero para ti lo único que importa es que una noche me escapé a comer churros.

—¡Más que suficiente! Pensé que había perdido a mi hija esa noche —dijo su mamá con dramatismo.

Paloma bajó la cabeza. Sentía mucho haber asustado a su mamá, pero sabía que lo volvería a hacer si se trataba de atrapar al Hombre de la Gabardina y hallar el anillo del pavo real.

Esa tarde, al llegar a casa, el carro negro no estaba allí. Aliviada, Paloma se fue a su habitación, se tiró en la cama y sacó la invitación que se le había caído a la adivina del bolso. Anotó todo lo que sabía sobre la mujer.

Adivina

Ojos grises claros. Pelo negro. Habla ruso. Llegó aquí hace dos semanas. Predice el futuro tirando unas piedras. Vende joyas. Tiene una colección de anillos especiales para buenos clientes. Conoce a Gael y a Lizzie. Les vendió las medallas. Sabe que ando en busca de un anillo con un pavo real. Recibió una invitación para la fiesta por el cumpleaños de Frida.

¿Sería posible que la adivina estuviese involucrada en el asunto? Paloma no estaba segura. Ahora había nuevos jugadores en la cancha: el Hombre de la Gabardina y quienquiera que fuera el que los estaba vigilando desde el carro. ¿Quién sería el que manejaba el carro negro? Paloma escribió unas notas en otra tarjeta bajo el título "El carro negro".

Agotada de tanto pensar, guardó la tarjeta en su bolso, junto con las demás. Antes de irse a la cama, le escribió un mensaje a Gael pidiéndole que fuera a verla durante el recreo. Pero, en cuanto puso la cabeza en la almohada, escuchó el ronroneo de un motor en la calle. Se levantó y fue a gatas hasta la ventana. Miró hacia afuera y vio que allí estaba de nuevo el carro negro.

Capítulo 17

¡Te estoy mirando!

Mientras su mamá cerraba el portón, a la mañana siguiente, Paloma vio el carro negro estacionado junto a la acera, entre otros dos carros. Se acercó a la maceta, dejó la nota para Gael y simuló estarle quitando las hojas muertas a la planta mientras observaba detalladamente el carro. En ese momento, deseó tener unos binoculares o superpoderes para ver si había alguien dentro. ¿Estaría allí el Hombre de la Gabardina? ¿O el chofer de la otra noche? De repente, el carro se puso en marcha y se alejó.

—¿Qué haces, Paloma? —le preguntó su mamá cuando la vio con un puñado de hojas en la mano—. Vas a matar a esa pobre planta.

—La estoy podando un poquito —dijo Paloma con una sonrisa, dejando caer las hojas.

—Vamos, *little bird*. Estamos retrasadas —dijo su mamá—. Dime, ¿te gustan las clases o son más aburridas que ver a la gente limpiarse los dientes con hilo dental?

Paloma se echó a reír mientras caminaban hacia la parada de autobús.

—No son tan malas. El profesor Breton es excelente y dice cosas muy interesantes. Creo que habla de Frida cada vez que puede solo por complacerme.

—Es un buen tipo —dijo la mamá de Paloma—. ¿Ya les enseñó el cuadro del vestido de Frida con la ciudad de Nueva York de fondo?

Paloma negó con la cabeza. Ya estaban en la parada y su mamá le hizo un gesto al autobús para que se detuviera.

—No —dijo Paloma cuando subió al autobús—. ¿Por qué?

—Ese era el cuadro de Frida que más le gustaba a tu padre.

Tan pronto se sentaron en el autobús, Paloma sacó una tarjeta de su bolso para anotar lo que acababa de escuchar.

—Y, hablando de Frida Kahlo —continuó su mamá—, les dijimos a los Farill que iríamos con ellos al centro de la ciudad a ver una exposición, pero yo no puedo ir. Estoy muy atrasada con mi ensayo.

—¡Tienes razón! Se me había olvidado —exclamó Paloma—. Quería ir porque dicen que hay varias obras de Frida en esa exposición.

—Bueno, llamé a la Sra. Farill anoche y me dijo que ellos van a ir de todos modos, a pesar de lo que les pasó.

—¿Qué quieres decir? ¿Qué les pasó?

—Parece que alguien se metió en su casa a robar esta semana —respondió la mamá de Paloma—. Por suerte, no estaban en la casa y no se llevaron nada de valor. Pero están asustados.

—Pobre Tavo —dijo Paloma—. ¿Y los perros?

—No te preocupes, todos están bien. La casa estaba vacía. Bueno, eso es todo lo que sé. Le podrás preguntar más a Tavo cuando lo veas este fin de semana.

—Entonces, ¿puedo ir con ellos?

—Si no te molesta ir sin mí, sí. El profesor Breton dice que debo cultivar tu interés por el arte, que tienes un talento natural —dijo su mamá, y le dio un codazo en broma.

Paloma sonrió. El profesor Breton pensaba que tenía talento natural. Le encantaba escuchar eso y no pudo evitar repetir la frase.

—Talento natural —dijo con una sonrisa.

—Es decir, son los Farill. Son encantadores y tú te llevas bien con Tavo, ¿no?

—¡Sí! —dijo Paloma inclinándose para darle un beso en la mejilla a su mamá—. ¿Me puedes devolver mi teléfono para llamar a Tavo y confirmar cuándo me van a recoger?

—Sigue tratando —dijo su mamá con una sonrisa burlona—. Yo llamaré a la Sra. Farill y me pondré de acuerdo con ella.

En la clase, Paloma le preguntó al profesor Breton sobre el cuadro del que su mamá le había hablado. El profesor lo buscó en la computadora y se lo mostró a toda la clase.

—Está en la Casa Azul, si quieren ver el original —dijo.

Paloma se propuso buscarlo en su próxima visita al museo.

Cuando llegó la hora del recreo, Paloma salió de la escuela con la esperanza de encontrar a Gael y a Lizzie, pero no estaban por allí. Se moría de ganas de hablar con ellos. No podía quitarse de la mente lo que la adivina le había dicho sobre cómo estaban buscando protección cuando su papá se fue a Nueva York. Ella sabía bien lo que era estar sin un padre, pero esto era diferente. El papá de los chicos solo se había ido de viaje. No se había muerto. ¿Por qué, entonces, estaban tan desesperados y necesitaban protección? Recordó cuando Gael le dio la medalla y le dijo que la protegería.

Durante la clase de español, Paloma apenas logró concentrarse. Cuando el profesor le preguntó en español qué quería ser cuando fuera grande, respondió "papas fritas".

Al terminar las clases, el profesor Breton llevó a Paloma a su casa. En cuanto aquel se fue, salió a revisar la maceta. El mensaje que le había dejado a Gael había desaparecido, pero él no había dejado ninguno para ella. Frunció el ceño, decepcionada.

Paloma miró hacia la calle y vio que el carro negro se había vuelto a estacionar cerca de su casa. Sintió ganas de acercarse, golpear el cristal de la ventanilla con ambos puños y exigir una respuesta. Lo único que la hizo aguantarse fue saber que no estaba lista para otra pelea cuerpo a cuerpo con el Hombre de la Gabardina. No sin Lizzie y sin el estuche de la trompeta.

Esa noche, se le ocurrió otra idea que no implicaba una pelea cuerpo a cuerpo. Después de todo, Lulu Pennywhistle nunca se dejaba intimidar por nadie. Tomó una de sus tarjetas y dibujó el carro negro. Su dibujo no era tan bueno como los de Gael, pero era reconocible. En la tarjeta, escribió: "¡Te estoy mirando!".

Paloma fue hasta el portón y vio que el carro negro seguía allí. Alzó el brazo, agitó la tarjeta en el aire y puso la tarjeta en la maceta. Se sintió audaz. Como Lulu… y, un poco, como Frida.

—Ven a buscarla —dijo.

Capítulo 18

Autorretrato con trenza

Para la visita al museo, Paloma se puso sus *jeans* apretados preferidos, de color rojo, una camiseta negra y un cárdigan largo, también de color negro. Se recogió el pelo en una trenza ladeada y le dio el toque final al atuendo con el collar del guerrero águila.

Cuando bajó, vio a su mamá en la cocina tarareando una canción y salió hasta la maceta para ver si el mensaje que había dejado aún estaba allí. Había desaparecido. Y el carro negro también. Entró a la casa con una sensación de victoria. Quizás recibieron el mensaje y decidieron marcharse de una buena vez.

Se acercó a su mamá por la espalda y la abrazó.

—Gracias, *little bird*. Hacía tiempo que no me dabas un abrazo —dijo la mamá y se volteó para besar a su hija en la frente—. ¿Tienes el dinero que te dieron tus abuelos para el viaje?

—Aquí lo tengo todo —dijo Paloma y señaló a su cartera con una palmada.

—Muy bien. No te vuelvas loca y gastes todos tus pesos de una vez. Nos quedan tres semanas aquí.

—No te preocupes —dijo Paloma con una sonrisa—. ¿Pasarás el día trabajando en tu ensayo?

—Sí, me voy a la universidad. El profesor Breton me traerá a casa después. Pensé que podríamos cenar juntos esta noche para que nos cuentes sobre tu día. ¿Te parece?

Paloma asintió.

En ese momento, sonó el timbre del portón. Tavo y sus padres habían llegado puntualmente. Paloma y su mamá fueron hasta el portón. La chica vio que Tavo llevaba una camiseta de Diego Rivera.

—Luces fenomenal —le dijo Tavo a Paloma, quitándose los lentes de sol—. ¿Estás lista para que te explote el cerebro hoy con más arte mexicano?

—¡Por supuesto! —dijo Paloma mientras se acomodaba en el asiento trasero del Range Rover blanco que esperaba por ella.

Los padres de Tavo se voltearon a saludarla. Paloma sintió deseos de decirles cuánto sentía lo que había sucedido en su casa, pero guardó silencio. Quizás esta excursión era para ellos una manera de olvidar lo que había pasado.

Tardaron solo veinte minutos en llegar al Museo Soumaya. Por fuera, el museo parecía un trofeo de aluminio brillante al que un camión le había pasado por encima. Paloma nunca había visto un museo como aquel. Ella y Tavo se tomaron una docena de *selfis* frente a la fachada.

Cuando entraron, subieron corriendo hasta el cuarto piso para ver las obras de los mejores artistas mexicanos. Pasaron de largo por delante de cuadros de Orozco, Siqueiros y Tamayo antes de detenerse en el "Autorretrato con trenza" de Frida Kahlo. En el cuadro, el pelo negro de Frida estaba amarrado con unas trenzas encima de su cabeza. La pintora llevaba una cinta roja enredada en la trenza y, en el cuello, un collar hecho de rocas. Sus hombros estaban desnudos, pero su pecho lo cubrían grandes hojas verdes.

—Este es diferente —dijo Paloma mientras observaba el cuadro—. No se parece a sus otros autorretratos.

—¿En qué sentido, querida? —preguntó el Sr. Farill, que acababa de aparecer.

—Bueno, porque... —comenzó a decir Paloma. Se quedó observando el cuadro, fijándose en cada detalle—. En sus otros autorretratos, Frida tiene el pelo recogido o suelto, pero en este lo lleva atado en nudos sobre su cabeza.

—Muy bien. Adelante, ¿qué más? —dijo el Sr. Farill para animarla a seguir.

—¿En serio, papá? —intervino Tavo y puso los ojos en blanco—. Esto no es una clase de arte.

Paloma se rio y continuó.

—Por lo general, Frida pintaba muchos elementos en el fondo de sus autorretratos: pájaros, mariposas, árboles, incluso nubes. El fondo de este, en cambio, es de un amarillo verdoso bastante feo. Otra particularidad de este cuadro es que ella tiene los hombros al descubierto. En la mayoría de sus pinturas aparece con una blusa o un chal sobre los hombros. No sé por qué se pintó así en este autorretrato.

El Sr. Farill la escuchaba en silencio y se frotaba la barbilla.

—Podrías ser profesora de arte, Srta. Paloma. O detective. Tienes buen ojo para los detalles —dijo con una sonrisa—. Si quieres saber por qué este autorretrato es diferente, hay una pista, pero no está en el cuadro. La encontrarás en el año en que lo pintó. A veces, el momento en que ocurren las cosas es determinante —añadió y señaló la información sobre el cuadro que había en la pared.

—Autorretrato con trenza. 1941. Frida Kahlo —leyó Tavo en voz alta.

—Lo pintó el mismo año en que celebró su segundo matrimonio con Diego Rivera —explicó el Sr. Farill—. Frida no pintaba nada sin un motivo específico. Cada color y cada imagen significaban algo para ella. En esa época de su vida, pintó su pelo amarrado en trenzas sobre su cabeza. Se piensa que, con ello, quiso expresar sus dudas sobre si había hecho bien en volverse a casar con Diego.

Paloma recordó la sensación de nudos en el estómago que había sentido cuando la adivina le habló sobre Gael y Lizzie. Se había sentido muy confundida con lo que le dijo la mujer sobre la desesperación de sus amigos y las medallas que compraron para protegerse.

—Y, ¿qué simboliza el collar? —preguntó Paloma.

—Es el collar que usó el día de su segunda boda, en San Francisco. Está hecho de unas piedras precolombinas muy raras. Eso es lo que hace tan interesantes sus autorretratos, que están llenos de alusiones a su vida personal.

Paloma volvió a mirar el cuadro.

—Y, ¿dónde está el collar ahora? —preguntó—. ¿Se puede ver en algún museo?

—La mayoría de las joyas de Frida está en su museo —respondió el Sr. Farill—. Aunque, hace dos semanas arrestaron a un hombre que ayudó a montar una de las exposiciones en la Casa Azul por robarse varias piezas del museo. Está preso.

Paloma lo miró, incrédula.

—Y, ¿las recuperaron? —preguntó.

—Lo único que recuperaron fue un collar de jade —dijo el Sr. Farill, negando con la cabeza—. Quizás nunca sepamos el paradero de las otras. Es una tragedia que el país pierda joyas tan valiosas.

Paloma no lo podía creer. ¿Estarían Gael y Lizzie al tanto de eso? ¿Estaría el anillo del pavo real entre las joyas que se habían robado?

—Por suerte, ahora están instalando cámaras de seguridad en las salas del museo —dijo Tavo—. Pero me parece un poco tarde.

—Eso es algo repugnante —dijo el Sr. Farill con rabia.

Paloma miró a Tavo en busca de una explicación.

—Mi papá piensa que poner cámaras dentro del museo de Frida le quita dignidad al lugar que fue su hogar desde niña.

Estaba en contra de que pusieran las cámaras. Fue una larga disputa, pero el museo ha comenzado por fin a instalarlas por todas partes.

—Esas cámaras de seguridad no sirven para nada de todos modos. Tenemos cámaras en nuestra casa y eso no impidió que entraran a robar. ¿Por qué arruinar el espíritu de la casa de Frida con unos vulgares aparatos electrónicos que no resuelven nada? —dijo el Sr. Farill con disgusto.

—Mi mamá me contó lo que pasó. Lo siento —dijo Paloma y se llevó la mano a la medalla del guerrero águila—. Me alegro de que no le pasara nada a nadie.

—Gracias, eres muy amable —dijo el Sr. Farill—. Tenemos videos de los culpables y los vamos a capturar. Bueno, como decía, la casa de Frida es un lugar histórico. Es una vergüenza instalar cámaras de seguridad en cada esquina.

Paloma trataba de prestar atención a todo lo que decían Tavo y su papá, pero no podía quitarse de la mente las joyas robadas de la Casa Azul.

—Sr. Farill, ¿sabe qué otras piezas se robaron del museo? ¿Había algún anillo? —preguntó.

El Sr. Farill retrocedió, sorprendido.

—Sí, entre las joyas había un anillo —dijo el Sr. Farill—. Me dijeron que era una pieza muy importante, pero no recuerdo qué lo hacía tan especial.

Paloma frunció el ceño. ¿Cómo era posible que Gael y Lizzie no supieran eso? El anillo del pavo real debió de haber sido robado dos semanas atrás. Necesitaba anotar todo lo que acababa de escuchar en una de sus tarjetas, lo antes posible.

—Paloma, querida, ¿por qué me preguntaste sobre un anillo? —preguntó el Sr. Farill, sacando a Paloma de sus pensamientos.

El pánico se apoderó de ella. Estaba hablando demasiado. Lulu Pennywhistle siempre decía: "Si no te callas, nada hallas".

—Cuando dijo joyas, enseguida pensé en anillos. Me encantan los anillos —respondió Paloma jugando con su trenza y encogiéndose de hombros.

El Sr. Farill asintió y miró su reloj.

—Ahora les ruego que me disculpen un momento. Debo ir al piso de arriba. Le prometí a mi esposa que nos encontraríamos en la exposición de Rodin. Nos vemos en el vestíbulo en una hora. Pásenla bien.

Tan pronto como el Sr. Farill se alejó, Tavo le dio un golpecito a Paloma en el hombro.

—Parece que le caes muy bien a mi papá. Conmigo no habla así sobre arte. Lo impresionaste —dijo Tavo.

——¿De veras? Tu papá sabe mucho —dijo Paloma y sacó de su bolso una tarjeta y un bolígrafo. No quería olvidar ningún detalle—. Disculpa, necesito tomar algunas notas.

—Paloma Márquez, eres una fanática del arte —dijo Tavo, entre risas.

—Si lo soy, es porque tú me enseñaste la noche en que te conocí. Tú también eres un fanático del arte, y eso es contagioso —dijo Paloma mientras escribía.

Tavo se echó a reír y le arrebató la tarjeta de las manos.

—¡Oye! —protestó Paloma, pero dejó que la leyera.

Solo había escrito sobre la pintura que acababan de ver. Tavo no tenía motivos para sospechar que estaba metida en algo más complicado... como hallar un anillo con un pavo real, por ejemplo.

—Olvidaste anotar el año en que Frida pintó el autorretrato —dijo Tavo cuando le devolvió la tarjeta.

—Tienes razón.

Paloma tomó la tarjeta y escribió: "1941".

"El momento en que ocurren las cosas es determinante", pensó para sí.

Entonces, se le ocurrió una idea. ¿En qué momento desapareció el anillo del pavo real?

Sacó varias tarjetas. ¿El anillo se perdió en 1954, cuando murió Frida, o Diego lo escondió en alguna parte antes de morir en 1957? ¿O había desaparecido después de que abrieron el cuarto secreto en el año 2004? ¿O se lo habían llevado con las otras joyas robadas hacía dos semanas?

Dos semanas. Paloma dejó que esas palabras calaran en su mente como un brochazo de pintura. Tavo se había alejado para admirar otro cuadro y aprovechó para buscar en sus tarjetas. Sabía que tenía notas sobre otros sucesos de hacía dos semanas. Fue haciendo una lista.

—¿Más notas, Paloma? —bromeó Tavo desde donde estaba parado.

—Me encanta el arte. Siempre quiero más —dijo Paloma y se encogió de hombros.

Tavo negó con la cabeza y Paloma regresó a estudiar sus notas. Hizo una lista con todo lo que había sucedido hacía dos semanas:

Hubo un robo en la Casa Azul y detuvieron a un hombre.

La adivina llegó a Coyoacán.

Gael y Lizzie compraron medallas buscando protección.

El papá de Gael y Lizzie partió a Nueva York.

Paloma no sabía cómo se relacionaban todos esos sucesos, pero Lulu Pennywhistle no creía en coincidencias, así que ella tampoco. Había una sola manera de averiguarlo.

—¿Todo bien? —le preguntó Tavo, acercándose a ella.

Paloma se sonrojó mientras metía la lista en el bolso.

—Necesito ver a tu papá ya mismo —dijo.

Antes de que Tavo pudiera decir nada, Paloma salió caminando de prisa hacia el sexto piso. Encontró al papá de Tavo a la salida de la exposición de Rodin.

—Sr. Farill —le dijo Paloma, sin aliento por todo lo que había corrido.

—Paloma, ¿pasa algo? —preguntó el Sr. Farill, sorprendido.

—Siento molestarlo, pero usted dijo que el hombre que se robó las joyas de Frida estaba preso, ¿verdad? ¿Quién es? ¿Por casualidad sabe cómo se llama?

El Sr. Farill asintió.

—Sí, lo tengo en la punta de la lengua. Creo que se llama Antonio... Antonio Castillo.

—¿Castillo? ¿Está seguro? —dijo Paloma, dando un paso atrás, espantada.

—Sí, estoy seguro —dijo el Sr. Farill, poniéndole una mano sobre el hombro a la chica—. ¿Pasa algo? ¿Por qué lo preguntas?

Paloma no lo podía creer. Pensaba que se iba a desmayar allí mismo.

—Por nada. Pensé que a mi mamá le gustaría saber toda la historia.

El Sr. Farill sonrió y se alejó. Paloma se sentía tan incapaz de moverse como las estatuas de Rodin expuestas en el museo.

Pronto, llegó Tavo. Su boca se abría y se cerraba mientras hablaba con mucho ánimo sobre algo, pero Paloma no podía procesar nada de lo que decía. Logró sonreírle sin ganas mientras se le hacía un gran nudo en el estómago. ¿Sería posible?

El papá de Gael y Lizzie no estaba en Nueva York. Estaba en la cárcel.

Capítulo 19

Autorretrato de Paloma despistada

De regreso a casa, Paloma reprodujo en su cabeza cada conversación que había sostenido con Gael y Lizzie sobre el papá de ellos. Varias veces había sentido que le estaban ocultando algo o que no le decían la verdad. Había ignorado ese presentimiento porque eran sus amigos, pero ahora se sentía como una tonta. La verdad había estado delante de sus narices todo el tiempo.

Sintió un escalofrío al conectar todas las pistas. Paloma supuso que, cuando atraparon al Sr. Castillo robando en la Casa Azul, lo habrían metido en la cárcel. Al saber que su papá estaba preso, Gael y Lizzie sintieron miedo. Por eso le habían comprado las medallas del guerrero águila y el crucifijo a la adivina. Y también por eso Gael había dicho que hablaban con su papá cada dos semanas.

Paloma sentía que la cabeza le iba a explotar.

Pero, aún quedaban dos interrogantes pendientes. Si el papá de los chicos había robado el anillo del pavo real, ¿por qué ellos lo estaban buscando? Y, ¿por qué la habían metido a ella en el asunto?

Cuando el carro de los Farill se detuvo frente a la casa donde Paloma se hospedaba, Tavo acompañó a la chica hasta el portón. Paloma miró hacia la maceta. Ojalá Gael le hubiese dejado un mensaje.

—¿Pasa algo? —preguntó Tavo—. Estuviste muy silenciosa durante el viaje de regreso.

—Ver tantas obras de arte me dejó mentalmente exhausta —dijo Paloma con una sonrisa desganada.

Lamentaba no haber hablado más con Tavo, quien había sido siempre franco y amable con ella. Sin embargo, se había pasado el día pensando en Gael y Lizzie.

—Descansa. ¿Te parece si nos vemos esta semana para ir a comer churros después de las clases o algo por el estilo? —preguntó Tavo.

—Por supuesto —respondió Paloma y se despidió.

Cuando el carro desapareció calle abajo, Paloma fue corriendo hasta la maceta y buscó entre las hojas para ver si Gael le había dejado algún mensaje, pero no encontró nada. Estaba caminando hacia la casa, cuando el profesor Breton abrió la puerta principal.

—Oye, Paloma, bienvenida. ¿Qué tal el museo?

—Estuvo bien —respondió Paloma mientras entraba a la sala. Pudo oír a su mamá hablar por teléfono desde otra habitación. Parecía muy nerviosa.

—¿Solo bien? ¿No fantástico? —bromeó el profesor Breton—. ¿Tomaste muchas fotos de los...

—¿Cómo está mamá? La escucho muy alterada —preguntó Paloma y se mordió el labio inferior al pensar en sus abuelos.

—Bueno, las noticias no son buenas, eso es lo que te puedo decir —respondió el profesor Breton negando con la cabeza—. Y es culpa mía.

—¿Qué quiere decir?

Paloma sentía que la cabeza le daba vueltas. ¿Su mamá habría perdido la beca por alguna razón?

—Está hablando con alguien de la universidad. Es sobre tus amigos Gael y Lizzie, pero esperemos por ella.

Paloma se quedó helada al escuchar los nombres de Gael y Lizzie. Un instante después, su mamá entró en la sala.

—Qué locura —dijo y tomó a Paloma de la mano, haciéndola sentar frente a ella.

—Cuéntame lo que pasa —rogó Paloma.

—Bueno, ¿recuerdas que te dije que iba a llamar a los padres de Gael y Lizzie para decirles que ustedes se habían escapado la otra noche?

—¡Mamá! ¿Por qué tuviste que...

—Antes de ponerte a llorar, tienes que escucharme. Llamé a unos amigos que trabajan en la universidad para preguntarles cómo podía ponerme en contacto con el Sr. Castillo por teléfono y resulta que nunca han oído hablar de él.

Paloma miró al profesor Breton y luego a su mamá. Rogaba que la expresión de su cara no revelara que ya sabía lo que le iban a decir.

—Bueno, nunca ha estado en la universidad, ni como artista visitante ni nada —dijo la mamá de Paloma.

—Entonces, recordé que tu mamá me había dicho que Gael y Lizzie siempre estaban en el puesto de churros —intervino el profesor Breton—. Así que fuimos y hablamos con la tía de Gael. Nos dijo que el papá de los chicos no es artista ni está en Nueva York. Está en la cárcel, acusado de haber intentado robar en la Casa Azul. Gael y Lizzie se están quedando con ella. Eso es todo lo que ella sabía. Francamente, me quedé muy sorprendido. Los periódicos reportaron un caso de vandalismo en la Casa Azul hace unas semanas, pero no un robo. Es por eso que han instalado cámaras de seguridad en el museo.

Paloma se haló la trenza y se puso a jugar con ella entre los dedos. Cuando el Sr. Farill le dijo el nombre del ladrón, no quiso creerlo. Aún albergaba una chispa de esperanza de que pudiera tratarse de otro Antonio Castillo, pero era verdad.

—La tía nos dijo que él es inocente pero, por supuesto, ¿qué otra cosa iba a decir? —añadió la mamá de Paloma con un suspiro—. Y, aún hay más.

—¿Más? ¿Qué más? —preguntó Paloma.

—Eso nos dejó pensando en Gael y Lizzie. Si nos mintieron

sobre su padre... es posible que nos hubieran mentido sobre otras cosas también.

—¿En serio? —dijo Paloma y se cubrió el rostro con las manos.

—Entré en internet y busqué sus nombres en el registro de admisiones del programa de idiomas de la universidad —dijo el profesor Breton—. Resulta que no aparecen registrados. Llamé a uno de mis colegas que trabaja allí y me confirmó que ellos no están registrados en el programa. No se supone que sean tus tutores de idioma. Me siento muy mal con todo esto.

—¡Son unos impostores! —exclamó la mamá de Paloma y levantó los brazos, frustrada.

—Pero... —comenzó a decir Paloma y miró al profesor Breton en busca de una explicación.

—Lo siento, Paloma. La noche de la recepción, Gael mencionó el programa de idiomas. Estoy seguro de que dijo que formaba parte del programa y que estaba allí para conocerte. Su inglés era excelente. No vi razón alguna para dudar de su palabra.

Paloma estaba muy confundida. Tenía que hablar con Gael.

—La culpa es mía —dijo la mamá de Paloma y le quitó el pelo de los ojos a su hija—. Yo te animé para que te hicieras amiga de esos dos, quienes se han comportado como un par de embusteros.

—No, no lo son —balbuceó Paloma. De golpe, todo el cansancio del día se le vino encima. Le dolía la cabeza y, también, el corazón. Sí, los Castillo le habían mentido, pero también habían sido muy amables con ella. No podía condenarlos sin escuchar su versión de los hechos—. Son mis amigos. Tengo que hablar con Gael. Por favor, ¿me puedes devolver mi teléfono?

—¡Por supuesto que no, Paloma Jane! ¿No has oído lo que acabamos de decir? —dijo la mamá de Paloma levantándose y cruzando los brazos—. Son unos estafadores. Vinieron a nuestra casa con pan dulce. Nos vendieron la historia de que su papá era artista y estaba de viaje. Nos dieron una serenata. Y todo eso para luego convencerte de que te escaparas de la casa a ir a comer churros y, ahora, esto.

—No me convencieron de nada —dijo Paloma y puso los ojos en blanco—. Deben de haber tenido una buena razón para todo eso. Estoy segura.

La chica se levantó de golpe y se fue a su habitación. Estaba desesperada. Comenzó a dar vueltas con la medalla del guerrero águila entre los dedos. Aún creía que la protegería, pero ya no estaba segura de poder creerle a Gael.

Abrió su cajita de recuerdos y tocó la flor morada que se había puesto en el pelo la noche en que se conocieron. Gael le dijo que eso de ponerse una flor morada era algo que Frida hubiese hecho. También le aseguró que la había elegido para que los ayudara a resolver el misterio porque estaba de acuerdo con lo que ella había dicho sobre ser auténticos. Sin embargo, eso no era cierto. Él no había sido nada auténtico y ella estaba decidida a descubrir por qué.

Capítulo 20

Una gran mentira

Durante dos días, Paloma dejó notas para Gael en la maceta, pidiéndole que fuera a verla a la escuela. Cada día, cuando revisaba la maceta, las notas habían desaparecido pero el chico no había dejado nada para ella. El martes, al salir al recreo, escuchó las risas de Gael y Lizzie.

Salió volando de la escuela, pero se detuvo en los escalones de la entrada para observarlos. Lizzie estaba parada y Gael sentado. Comían paletas y se reían. Parecían felices, como si no les preocupara absolutamente nada. No parecían dos chicos cuyo papá estaba en la cárcel.

—¡Paloma! —gritó Gael en cuanto la vio.

El chico se levantó y caminó hacia ella. Lizzie lo siguió. Gael le dio un beso en la mejilla y le puso una paleta de color anaranjado delante de la cara.

—Tienes que probar esto. Probablemente no las tengan en Kansas —dijo.

Paloma dio un paso atrás.

—¿Qué es?

—Una paleta de mango. Con chile —dijo Gael—. Es dulce y picante como nosotros.

Paloma hizo una mueca y le dio un mordisco a la paleta. Le pareció muy rica... hasta que sintió el chile. La expresión de su cara hizo que Gael se echara a reír.

Lizzie fulminó a su hermano con la mirada y le alcanzó una botella de agua a Paloma.

—Obviamente, yo soy la parte dulce —dijo.

Paloma parecía estar a punto de echarse a llorar.

—¡No llores! No estaba tan picante, ¿cierto? —añadió Lizzie.

—No es por el picante. ¿Acaso no han visto los mensajes que les he dejado durante dos días? Tenía que hablar con ustedes de algo muy importante.

—¿Qué mensajes? —preguntó Gael y miró a su hermana mientras negaba con la cabeza—. Hemos pasado frente a tu casa todos los días y no hemos vimos ningún mensaje tuyo.

—Y entonces, ¿cómo sabían que nos encontraríamos aquí?

—Porque sabemos que a esta hora tienes el recreo y te extrañábamos —respondió Gael—. Pensamos que te gustaría probar una paleta.

Paloma no sabía si sonreír porque la habían extrañado y le

había traído la paleta o ponerse a dar gritos porque la habían estado engañando.

—¿Les gustaría decirme cómo se dice "lie" en español? —dijo con rabia.

—Se dice "mentira". ¿Por qué? ¿Qué pasó? —dijo Gael.

Su expresión era tan inocente que Paloma se sintió un poco mal por haber sacado el tema. No obstante, le pidió que escribiera la palabra en una de sus tarjetas.

—Mentira —dijo Paloma leyendo la palabra de la tarjeta—. Ustedes dos me han estado mintiendo sobre el anillo del pavo real y sobre su papá.

Gael respiró profundo. Parecía un pez globo desinflado. Lizzie bajó la vista.

—Me dijeron que estaba en Nueva York, pero en realidad está en la cárcel. Mi mamá habló con la tía de ustedes en el puesto de churros. Fue él quien se robó el anillo del pavo real —añadió Paloma.

—No —dijo Gael, negando con la cabeza—. Eso no es cierto. Tienes razón en que no hemos sido del todo sinceros, pero ahora mismo te lo vamos a explicar todo. Te vamos a decir la pura verdad.

Paloma no sabía si podría volver a creerles. Miró a su alrededor y vio que los estudiantes regresaban a clases.

—No queremos que te metas en problemas —dijo Gael—. Podemos esperar a que termines.

Paloma se volteó y miró hacia la escuela. Si no regresaba, perdería parte de la clase de español, pero Gael se movía como un pez que acababa de morder el anzuelo. Si ella se iba, quién sabe si saldría nadando y quizás nunca le daría una explicación. Paloma se sentó en un banco.

—Díganme la verdad —dijo.

—Nuestro papá se llama Antonio Castillo —dijo Gael—. No es artista, es maestro de arte, aunque perdió su trabajo porque el gobierno redujo el presupuesto. Encontró trabajo en el museo ayudando a catalogar los objetos personales de Frida que habían sido descubiertos en el cuarto secreto. Contrataron a muchas personas para hacerlo. Querían tener las piezas listas para la exhibición y para conservarlas bien después.

Paloma asentía y escuchaba en silencio.

—Mientras hacía su trabajo —continuó Gael—, mi papá se dio cuenta de que había desaparecido uno de los anillos que habían catalogado. Se lo dijo a su jefe. Dos días después, al jefe lo trasladaron a otro museo en Guadalajara. Mi papá pudo hablar con él antes de que se fuera y este le insistió en que se olvidara del asunto, pero mi papá no le hizo caso. Incluso, llamó a la policía para reportar la desaparición. Ese fue su gran error —añadió Gael y bajó la vista.

—¿Qué pasó? —preguntó Paloma.

—Mi papá recibió una llamada. Pensó que era del director del museo —continuó Lizzie—. Esa persona lo invitó a almorzar en un mercado del centro de a ciudad para hablar sobre la posibilidad de un trabajo fijo en el museo. Mi papá pensaba que había hecho lo correcto y que, por eso, lo iban a recompensar, pero estaba equivocado. En el mercado, un hombre que no conocía le ofreció miles de dólares para que dejara de indagar sobre el anillo perdido.

—El hombre estaba tratando de sobornarlo —añadió Gael, con disgusto—. Mi papá rechazó el dinero y le dijo al hombre que informaría a la prensa. Trató de irse de allí, pero el hombre lo amenazó. Entonces, mi papá lo tiró al suelo de un golpe. Cuando se iba, llegó la policía. El hombre acusó a mi papá de haberse robado las joyas de Frida. Revisaron su bolsa y hallaron un collar de jade. Mi papá no sabía cómo había llegado hasta allí. Jamás se robó nada. Alguien había puesto el collar en su bolsa. El hombre le dijo a la policía que mi papá había intentado venderle el collar robado. Eso es falso. Mi papá es maestro de arte. Jamás le robaría a Frida o al museo.

—Él no es un ladrón —agregó Lizzie y le mostró a Paloma una foto que tenía en su teléfono.

Paloma tomó el teléfono. En la foto, Gael, Lizzie y su papá estaban parados frente a la Fuente de los Coyotes en el Jardín Centenario. Su papá se parecía a Gael, un poco más viejo. Le devolvió el teléfono a Lizzie.

—Tienes sus ojos —le dijo a Gael, bajito.

—Y su corazón —añadió el chico llevándose la mano al pecho.

—Bueno, si el papá de ustedes no se robó el anillo... —comenzó a decir Paloma, pero de pronto se quedó en silencio—. ¿Acaso están tratando de hallar el anillo para sacarlo de la cárcel?

Lizzie y Gael asintieron.

—Lo podemos visitar cada dos semanas —dijo Gael—. Nos contó todo lo que sucedió, pero no sabe que estamos tratando de encontrar el anillo. Y no queremos que lo sepa. Está preocupado por nosotros porque el hombre que le tendió la trampa es muy poderoso y podría pagarle a alguien para que nos atacara.

—¿Atacarlos? ¿Fue por eso que le compraron las medallas del guerrero águila azteca y el crucifijo a la adivina? —preguntó Paloma.

Gael y Lizzie se miraron, desconcertados.

—La mujer me dijo que ustedes parecían desesperados y que compraron las medallas y el crucifijo para que los protegiera —explicó Paloma.

—Es alguien muy peligroso —dijo Lizzie—. Hará cualquier cosa contra nosotros si se entera de que estamos tratando de ayudar a nuestro padre. Pero él no logrará salir de la cárcel si no hallamos el anillo y descubrimos al verdadero ladrón.

—Entonces, ¿qué andaba buscando el Hombre de la Gabardina si ya tiene el anillo? —preguntó Paloma—. Es de él de quien hablan, ¿verdad? ¿El Hombre de la Gabardina? ¿Fue él quien le tendió la trampa al papá de ustedes?

Gael y Lizzie negaron con la cabeza.

—No, Paloma —dijo Gael y miró a su alrededor para asegurarse de que nadie lo podía escuchar—. No sabemos quién es el Hombre de la Gabardina ni por qué estaba en la Casa Azul. El verdadero ladrón es el padre de Tavo, el Sr. Farill.

Capítulo 21

¿Cuál es la verdad?

Paloma se quedó petrificada por unos segundos y luego se llevó las manos a la cabeza.

—¿Se han vuelto locos? Eso es imposible. Él adora a Frida. Tendrían que oír cómo habla de ella. Él...

—Él le tendió una trampa a mi papá —dijo Gael.

Paloma negó con la cabeza. No podía creerlo.

—Él tiene el anillo escondido, hasta que el contrabandista se lo pueda llevar. Mi papá nos lo dijo —añadió el chico.

—¿Contrabandista? —preguntó Paloma.

—El Hombre de la Gabardina —dijo Lizzie—. Sospechamos que el Sr. Farill está confabulado con él para sacar el anillo de México. Estuvo aquella noche en la Casa Azul y creemos que es la persona que nos está vigilando.

—Pero —comenzó Paloma—, si es contrabandista... ¿Por qué se quedaría rondando por la Casa Azul? ¿No debería largarse de una vez? Ya tiene el anillo.

—Hemos pensado en eso —dijo Lizzie—. Pero quizás está esperando el momento oportuno para sacar el anillo de allí.

—El Sr. Farill es un hombre importante en esta ciudad. Dona dinero a iglesias, museos y universidades —dijo Gael—. Todos lo tienen por un santo. Hasta tu mamá lo adora, ¿no? El pagó su beca de investigación. Esa es la máscara que usa. No puede permitir que lo sorprendan con el anillo. Por eso contrata a ladrones como el Hombre de la Gabardina para que le hagan el trabajo sucio.

Paloma se sentía aturdida.

—¿Qué dijiste sobre una máscara? —preguntó de pronto.

—Es un impostor que se esconde tras una máscara —aclaró Gael.

Las palabras del chico tuvieron un profundo efecto en Paloma. Recordó, de pronto, la cena en casa de los Farill, cuando la mamá de Tavo dijo que había sido idea del Sr. Farill que la fiesta por el cumpleaños de Frida fuese un baile de máscaras. Se había quejado de ese cambio de último minuto, solo dos semanas antes de la fiesta. ¡Hacía dos semanas! ¿No fue eso lo que dijo?

—¿Qué estás pensando? —preguntó Gael—. No le des más vueltas, Paloma. Sabes que tenemos razón.

—La fiesta por el cumpleaños de Frida será un baile de máscaras. Fue idea del Sr. Farill —dijo Paloma—. ¿Por qué se le habrá ocurrido a última hora que fuera un baile de máscaras?

Paloma se puso de pie y dio unos pasos por la acera. Lulu siempre decía que un poco de ejercicio hacía que el cerebro funcionara mejor.

—Porque es un patán. Por ese motivo —dijo Lizzie.

Paloma ignoró el comentario.

—¡Ya sé! —dijo Gael—. Quizás está planeando robarse otra cosa la noche de la fiesta...

—Si la Casa Azul está llena de invitados, todos con máscaras, las cámaras no lo podrán identificar a él ni al Hombre de la Gabardina —dijo Paloma.

Gael la abrazó.

—¿Entonces nos crees? —preguntó.

Paloma frunció el ceño. Se sentía culpable de albergar sospechas en contra del Sr. Farill. Había sido tan amable con ella. Había pagado el viaje de su mamá a México. Era el papá de Tavo. Sin embargo, no podía ignorar ciertos hechos alarmantes: el papá de Gael y Lizzie había acusado al Sr. Farill y había sido el Sr. Farill quien tuvo la idea de convertir la fiesta en un baile de máscaras. Además, había otro detalle inquietante. Paloma recordó cuando Tavo le dijo que su papá se había opuesto a que instalaran cámaras de seguridad en la Casa Azul. El mismo Sr. Farill había dicho que las cámaras le restaban dignidad a la casa de Frida, pero quizás esa no era toda la verdad.

—Cuando al papá de ustedes lo sorprendieron con el collar de jade... —dijo Paloma, tratando de ordenar los hechos—, las personas a cargo de la Casa Azul decidieron instalar cámaras de seguridad. El Sr. Farill se opuso. Lo sé porque él mismo me lo dijo cuando fuimos al Museo Soumaya. Cuando vio que las habían instalado, quiso que la fiesta fuera un baile de máscaras. Fue un cambio de último minuto.

—¡Cierto! —exclamó Lizzie—. Comenzaron a instalar las cámaras afuera del museo poco después de que enviaran a mi papá a la cárcel. Y ahora están instalándolas adentro también. Las vi cuando fui a ensayar con los mariachis.

—Por eso quiere que todo el mundo vaya con máscaras —dijo Paloma—. Podría estar planeando hacer algo esa noche.

—¿Quién necesita a Lulu Pennywhistle si te tenemos a ti? —dijo Gael.

Paloma no pudo dejar de sonreír, aunque aún estaba enojada por las mentiras. Sin embargo, decidió concentrarse en las dos dudas que la torturaban.

La primera era que, si el papá de Gael y Lizzie se había robado el anillo del pavo real, ¿por qué los chicos lo estaban buscando? Ya tenía una respuesta. Según ellos, él no se lo había robado. Lo habían implicado en el asunto tendiéndole una trampa y ellos buscaban el anillo para sacar a su papá de prisión.

La segunda aún no tenía respuesta. ¿Por qué Gael y Lizzie la habían metido en este lío?

—Díganme, ¿alguna vez fueron realmente mis amigos? —preguntó Paloma con un nudo en el estómago.

Gael dio un paso atrás, como si acabara de propinarle una bofetada.

—¿Qué quieres decir? —preguntó.

—Por supuesto que somos tus amigos —dijo Lizzie, ofendida.

—¿De veras? —dijo Paloma—. La noche en que nos conocimos, ustedes escucharon mi conversación con Tavo. Probablemente oyeron cuando le dije que me gustaban los libros de misterio. Y quizás también oyeron a Tavo decirme que íbamos a vernos mucho, ¿no es cierto? ¿Fue por eso que me escribieron ese estúpido mensaje con el dibujo del ojo? ¿Porque el Sr. Farill es el papá de Tavo?

Paloma negó con la cabeza y se sentó en el banco.

—Sí —susurró Lizzie.

Gael miró con furia a su hermana.

—Yo no quería meterte en esto. No quería usarte para obtener información sobre el Sr. Farill —explicó Lizzie.

—¿Por eso fuiste tan pesada conmigo y me dijiste que era una tonta de Kansas?

Lizzie asintió.

—Pero me demostraste que estaba equivocada —admitió Lizzie.

Lo dijo con tanta sinceridad que Paloma sintió deseos de abrazarla. Hubiese deseado olvidar el pasado y volver a ser amiga de los chicos.

—Como Tavo parecía interesado en ti, pensé que a través de ti podríamos descubrir dónde vivía. Aunque mi papá piensa que el Sr. Farill tiene escondido el anillo en la Casa Azul, Lizzie y yo creemos que puede estar en su casa, aunque ya no estoy tan seguro —dijo Gael.

Paloma bajó la cabeza, deshecha.

—¡Eras tú el chico que vi en el taxi la noche en que fuimos a cenar a casa de Tavo! ¡Lo sabía!

Gael asintió.

—¿Por qué nos seguiste? —preguntó Paloma.

—Ya te dije que queríamos saber dónde vivía y cuán difícil era entrar a su casa —dijo Gael.

Su respuesta disparó mil alarmas al mismo tiempo en la cabeza de Paloma, pero continuó interrogándolo.

—¿Por qué?

Gael bajó la vista y Paloma se volteó hacia su hermana. Lizzie evitó la mirada y se puso a juguetear con su trenza.

—Ni una mentira más —advirtió Paloma—. Merezco saber la verdad.

Gael dejó escapar un profundo suspiro.

—La verdad es que necesitábamos saber dónde vivía Tavo para poder meternos en su casa a buscar el anillo. Pero, aunque entramos y registramos por todas partes, no hallamos nada.

Paloma se sujetó al banco con ambas manos. Gael y Lizzie habían sido quienes entraron en casa de Tavo. De repente, se quitó el cordón con la medalla del guerrero águila. Se sintió extraña sin él, pero se lo dio a Gael bruscamente.

—Ahí lo tienes —dijo.

—Por favor, Paloma —dijo Gael—. No queríamos mentirte,

pero tenemos que ayudar a nuestro padre. Es inocente y lo queremos mucho. Ahora que sabes la verdad, ¿nos vas a ayudar?

—Ustedes me dijeron que deseaban que los ayudara por lo que me escucharon decir sobre el cuadro de Frida: que ella quería que fuéramos auténticos.

—Y estoy de acuerdo de todo corazón, pero se trata de mi papá —dijo Gael y se llevó una mano al pecho—. Te pido perdón.

—Y yo también —añadió Lizzie.

Paloma se levantó para irse, pero se detuvo.

—Siento mucho lo que le ha pasado al papá de ustedes —dijo.

Paloma caminó hacia la entrada de la escuela. A cada paso que daba, sentía una punzada en el pecho. Sabía bien lo que era perder a un padre y querer recuperarlo. Ella misma daría cualquier cosa por poder pasar otro día con su papá o por tener un verdadero recuerdo de él.

Capítulo 22

La mancuernilla de oro

Paloma se sentía vacía, como si le hubieran sacado el corazón del pecho con un cincel. Se dirigió a la clase de español pero, a mitad de camino, se detuvo y regresó. No tenía ganas de pasarse una hora repasando vocabulario. Ya conocía las palabras y frases más importantes.

Mentira: *a lie*
Lo siento: *I'm sorry*
Amigos: *friends*
Adiós: *good-bye*

Abandonó la escuela, fue hasta la parada del autobús y se subió al primero que llegó. Un poco después, se bajó a unas dos cuadras de la Casa Azul. Mientras caminaba hacia la casa de Frida, las palabras de Gael resonaban en su mente: "No queríamos mentirte, pero teníamos que ayudar a nuestro padre. Es inocente y lo queremos mucho. Ahora que sabes la verdad, ¿nos vas a ayudar?".

Paloma se pasó la mano por la frente. Era triste descubrir que le habían mentido. Era triste perder amigos. Entró al museo y le preguntó a una empleada dónde estaba el cuadro de Frida "Allá cuelga mi vestido". La mujer le indicó el primer piso.

Frente al cuadro de Frida Kahlo que su papá prefería, Paloma analizó el colorido vestido de la pintora que colgaba de una tendedera en medio de la Ciudad de Nueva York. Alrededor del vestido, se veían rascacielos, la Estatua de la Libertad y una multitud que marchaba por la calle. Entrecerró los ojos y se imaginó que ella era aquel vestido que, colgado de una cuerda, se mecía sobre Coyoacán. En su mente, Gael y Lizzie sostenían uno de los extremos de la cuerda; el otro extremo lo sostenían Tavo y sus padres.

—¿Paloma?

La chica abrió los ojos y vio a Tavo, quien se acercaba a ella.

—Me parece que estás obsesionada con Frida, ¿eh? ¡Te has convertido en una verdadera "fridista"! —dijo Tavo.

Paloma deseó de todo corazón que no notara su nerviosismo. Se sentía culpable por saber quiénes habían entrado a su casa y por haber sido ella quien les mostrara el camino a los malhechores. Lo habían hecho sin que ella lo supiera, claro, pero aun así la culpa la envolvía como una áspera y calurosa manta. Sonrió y trató de respirar con calma.

—Fridista. Me gusta eso. Lo voy a anotar —dijo, y sacó una tarjeta y un bolígrafo.

—Tú y tus tarjetas —dijo Tavo, burlón—. ¿Qué haces por aquí hoy?

—Éste era el cuadro de Frida Kahlo que más le gustaba a mi papá. Vine a rendirle homenaje.

Tavo se metió las manos en los bolsillos.

—Es un buen cuadro. Lo pintó cuando estaba en Nueva York con Diego. Extrañaba mucho a México. Es un cuadro lleno de simbolismo.

—Mi papá también extrañaba mucho a México —dijo Paloma y respiró profundo.

—Sé que tu papá murió cuando eras muy pequeña. Tu mamá lo mencionó en la cena. ¿Es duro vivir sin él?

—A veces siento como si me faltara algo —dijo Paloma, e hizo una pausa. No estaba segura de que la palabra "faltara" era la mejor para describir lo que sentía—. ¿Y tú? ¿Qué haces aquí? —preguntó para cambiar el tema—. ¿También estás obsesionado con Frida?

—Vine con mi mamá. Está reunida con el comité organizador de la fiesta. Falta solo una semana. Así que, mientras ella está en la reunión, vine a buscar algo que se le perdió a mi papá aquí. Mi mamá y yo pensamos que a lo mejor se lo habían robado cuando entraron a la casa, pero él insiste en que está aquí en la Casa Azul. Viene a menudo a reuniones para planificar exposiciones y proyectos. ¿Sabes? Lo de la tienda de regalos fue idea de mi papá. Decía que el museo podía ganar dinero vendiendo objetos con imágenes de Frida.

—¿La tienda de regalos fue idea de tu papá? —preguntó Paloma, sorprendida—. Qué raro.

Tavo la miró, intrigado.

—¿Recuerdas cuando te dije que me había encontrado con tu papá aquí cuando vine con mi tutor de español?

Tavo asintió.

—Tu papá estaba en la cafetería. Me dijo que se había extraviado buscando la tienda de regalos —dijo Paloma.

—Imposible —dijo el chico y puso los ojos en blanco—. Mi papá y mi mamá se saben este museo de memoria. Habrá tenido un momento de senilidad.

Paloma se echó a reír, pero por dentro estaba furiosa. ¿Qué estaría haciendo realmente el Sr. Farill cerca del cuarto de limpieza cerrado con llave? Eso probaba que no era tan inocente como ella había pensado. Recordó a Gael. ¿Sería por eso que estaba tan interesado en el área trasera del museo después de ver al Sr. Farill salir de allí? Y luego, después de escapar del Hombre de la Gabardina, ¿habría llegado a la conclusión de que el anillo no estaba en la Casa Azul y por eso decidió meterse a buscarlo en casa de Tavo?

—¿Ha logrado la policía descubrir quién entró en tu casa? —preguntó Paloma—. ¿Tienen alguna pista, al menos?

—Parece que fueron dos chicos disfrazados como si fueran parte del personal de limpieza.

Paloma sintió miedo por sus amigos. Aunque aún estaba disgustada con ellos porque le habían mentido, no merecían ir a la cárcel.

—Y tú, ¿no lograste identificarlos?

—No. Fueron muy listos. Es como si hubieran sabido que teníamos cámaras de seguridad. Llevaban máscaras y gorros. Incluso, se pusieron los guantes de la señora de la limpieza, los muy taimados. Y no se llevaron nada. No te preocupes: el horrible cuadro de Picasso sigue en su sitio.

—¡Qué bueno! —dijo Paloma, aliviada.

Sabía bien que Gael y Lizzie no eran ladrones, pero le parecía estupendo confirmarlo.

—No tocaron nada en mi habitación. Mi mamá piensa que fueron en busca de algo específico, pero mi papá se puso furioso. Ahora hará lo de siempre. No descansará hasta que despidan o arresten a alguien. Después, se olvidará del asunto.

Paloma retrocedió. ¿Sería eso lo que el Sr. Farill había hecho con el Sr. Castillo? ¿Se había enfurecido y lo había hecho arrestar? En ese momento, una señora que cargaba una caja se les acercó.

—Sr. Farill, esta es la caja de objetos extraviados. Ya la revisamos y no encontramos la mancuernilla, pero usted puede volver a revisarla si quiere —dijo.

Tavo asintió. Tomó la caja y la puso sobre una mesa.

—Gracias —dijo, y se puso a revisar la caja.

Paloma se acercó para ayudarlo.

—¿Cómo es la mancuernilla? —preguntó.

—Dorada. Muy antigua —dijo Tavo—. Era de mi tatarabuelo. Es una mancuernilla muy inusual, parece una antigua moneda de un peso.

Paloma se quedó petrificada. Había visto una mancuernilla como aquella. En dos ocasiones, de hecho. Primero, cuando ella y Tavo se tomaron el *selfi* delante del cuadro de Picasso. Estaba sobre la mesa. Había una sola. La otra debía ser la que ella y Gael encontraron en el cuarto de limpieza junto a una de las sillas de ruedas. Trató de recordar qué había hecho con ella. ¡La había puesto en el bolsillo de sus *jeans*! Todavía debería estar ahí.

—Tengo que irme —dijo, y se mordió el labio inferior.

—¿Tan pronto? ¿Quieres que te lleve a tu casa? —preguntó Tavo—. Nuestro chofer está afuera en el carro.

—No te preocupes. Gracias —dijo Paloma y se despidió con la mano.

Salió caminando en dirección a la cafetería. El Sr. Farill le había dicho que se había extraviado buscando la tienda de regalos cuando ella lo vio salir de detrás de la cafetería. Eso era una mentira colosal. Venía del cuarto de limpieza, donde se le había caído la mancuernilla.

¿Por qué el Sr. Farill y el Hombre de la Gabardina estarían tan interesados en ese cuarto, a menos que supieran que allí había oculto algo valioso? Cuando Paloma se dio cuenta de lo que debía hacer, el corazón empezó a latirle a toda velocidad. No tenía tiempo que perder. Atravesó el patio, donde una numerosa banda de mariachis empezaba a ensayar. Sonaron las trompetas, luego se unieron las guitarras y los violines.

Por fin, las voces de los cantantes se escucharon en los micrófonos.

Antes de atravesar la carpa transparente para ir al fondo del patio donde estaba el cuarto de limpieza, miró a su alrededor para ver si algún guardia de seguridad la observaba. No había ninguno. Esta era su oportunidad. Agarró una piedra grande y fue detrás del árbol. La puerta del cuarto estaba cerrada con candado. Lo golpeó con la piedra, pero no se abrió. Lo volvió a golpear una y otra vez. No se abrió. Se sacó un gancho del pelo y trató de abrirlo con él, pero no tuvo éxito. Derrotada, se agachó y lanzó la piedra en dirección al árbol. Al caer al suelo, hizo un raro sonido metálico.

Paloma se levantó y fue hacia el árbol. Recogió la piedra y golpeó el suelo. *Tin, tin, tin.* Quitó con las manos la tierra y el lodo que se había acumulado a causa de la lluvia de la noche anterior. Cuando terminó, no podía creer lo que veía. Bajo el árbol, había una caja metálica. Estaba enterrada en el lodo. Excavando con los dedos, trató de sacarla, pero le fue imposible moverla. Entonces, abrió la tapa. En su interior halló una pequeña llave dorada y una invitación para la fiesta por el cumpleaños de Frida. Sobre la imagen de la pintora, en la invitación, alguien había escrito con tinta negra:

Las Mañanitas 8:15

Capítulo 23

La superdetective Paloma

Paloma se quedó congelada. Sabía lo que significaba "mañana" en español. ¿Habría dejado el Sr. Farill ese mensaje para que el Hombre de la Gabardina recogiera la llave el día de la fiesta por el cumpleaños de Frida a las 8:15 de la mañana? Se llevó la mano a la frente, confundida. Eso no tenía mucho sentido. ¿Por qué se iba a arriesgar en pleno día? Tendría que averiguarlo más tarde. Con la llave dorada en la palma de la mano, se levantó y fue hacia la puerta. Metió la llave en el candado y le dio vuelta. Sintió un sonido metálico. Oía a los mariachis que cantaban al otro lado de la cafetería. Se volteó para comprobar que nadie la veía, y entró en el cuarto luego de guardarse la llave y el candado en el bolsillo delantero de los *jeans*.

El cuarto de limpieza estaba a oscuras, pero recordó que

había un foco que colgaba del techo. Se adentró un poco más y haló la cuerda para encenderlo. El resplandor amarillento del foco le bastó para divisar una vez más las escaleras, los cubos de metal, el escritorio bajo el que se habían escondido Gael y ella y una silla de ruedas cubierta con sábanas polvorientas.

Recorrió el cuarto con la mirada, tratando de detallar cada rincón. Algo tan pequeño como un anillo podía estar en cualquier sitio. ¿Dónde lo podría haber escondido el Sr. Farill? Trató de recordar la noche de horror en que estuvo en ese cuarto con Gael. Antes del ataque del Hombre de la Gabardina, había encontrado la mancuernilla dorada en el piso, junto a la silla de ruedas. Empujó la silla de ruedas y se agachó para palpar el piso de baldosas con las manos. Varios insectos pequeños salieron huyendo mientras Paloma sentía que el corazón le dejaba de latir. Respiró profundo y volvió a palpar el suelo con la mano. Entonces, sintió que una de las baldosas estaba suelta. La levantó despacio. Bajo la baldosa había un hoyo profundo. Paloma dudó. ¿Y si había serpientes en el agujero? ¿O si una rata y sus crías estaban allí esperando morder una sabrosa mano humana?

Miró a su alrededor, en busca de un palo o algo que pudiera meter en el hoyo, pero no vio nada.

—Bueno —se dijo—. Tengo que ponerme a la altura de Lulu y arriesgarme.

Respiró profundo y metió la mano en el hueco. Se hundió hasta el codo antes de tocar lo que parecía una bolsa aterciopelada. Dentro, había un objeto pequeño pero pesado. Paloma agarró la bolsa, la sacó y deshizo el nudo de la cuerda con que estaba cerrada.

Del interior de la bolsa sacó una pequeña caja de madera. A Paloma se le hizo un nudo en la garganta. La abrió con dedos temblorosos. En su interior brillaba un anillo plateado en forma de pavo real con plumas de refulgentes esmeraldas y zafiros azules. ¡Lo había encontrado! No podía creer que tenía en sus manos el anillo que Frida Kahlo había diseñado solo unos días antes de su muerte.

—Increíble, Frida —dijo Paloma en un susurro—. Qué belleza.

Con excepción del anillo de boda de ópalo rojo de su madre, era la joya más hermosa que Paloma había visto. Se secó una lágrima que le corría por la mejilla. De repente, se dio cuenta de que, si la sorprendían con el anillo, nunca podría demostrar que el Sr. Farill era un ladrón. Y, peor aún, el Sr. Castillo no saldría de la cárcel. Tenía que esconderlo en un lugar seguro. Paloma puso el anillo de vuelta en la cajita y se la metió en el bolsillo. Después, volvió a poner la baldosa y la silla de ruedas en su lugar. Cerró de prisa el cuarto de limpieza con el candado y volvió a poner la llave dorada en la caja de metal.

No podía permitir que el Sr. Farill o el Hombre de la Gabardina se salieran con la suya. El anillo debía permanecer en la casa de Frida para que todo el mundo pudiera admirar su belleza. ¡No estaba a la venta!

Paloma salió de prisa de detrás de la cafetería. Apenas podía controlar el nerviosismo. Había encontrado el anillo del pavo real de Frida. ¡Lo tenía en el bolsillo! Ahora necesitaba un plan. Cuando se dirigía hacia la salida del patio, vio una cámara de seguridad en un árbol. Comenzaba a comprenderlo todo. La Casa Azul se llenaría de enmascarados para la fiesta. La invitación era una pista de que, fuera lo que fuera que el Sr. Farill estaba planeando, sucedería el día de la fiesta. Pero, ¿cuándo exactamente? ¿A las 8:15 de la mañana?

Estaba por llegar a la salida cuando los mariachis comenzaron a tocar otra canción. La letra la dejó paralizada.

"Estas son las mañanitas

que cantaba el rey David..."

Se detuvo a escucharla. ¿Qué canción era esa? Tocó a la joven que estaba cuidando el torniquete de la puerta de salida y le preguntó el título de la canción.

—"Las mañanitas" —le respondió la joven—. Están ensayando para la fiesta por el cumpleaños de Frida.

—"Las mañanitas" —repitió Paloma—. ¿La cantarán en la fiesta?

—¡Claro! Siempre se canta en los cumpleaños —respondió la joven.

—¡Muchas gracias! —dijo Paloma, y se marchó.

Paloma corrió hasta su casa. Por el camino, organizaba mentalmente las piezas del rompecabezas tratando de hacerlas encajar. Estaba convencida de que algo iba a suceder en la celebración por el cumpleaños de Frida en la Casa Azul. Algo a las

8:15, cuando cantaran "Las mañanitas". Eso tenía que ser lo que quería decir el mensaje.

Una vez en casa, Paloma revisó la cesta de la ropa sucia en busca de sus *jeans* negros. Los sacó de la cesta y buscó en los bolsillos traseros. Sintió la frialdad de la mancuernilla en la punta de sus dedos. La sacó del bolsillo. Era exactamente como Tavo la había descrito. Más importante, era igual a la que había visto en casa de Tavo cuando se tomaron el *selfi*. Muchas hipótesis pasaron por su mente. Todas relacionaban al Sr. Farill con el cuarto de limpieza donde estaba escondido el anillo del pavo real. ¿Lo habría escondido allí en espera de que el Hombre de la Gabardina se lo llevara? ¿Era por eso que el Hombre de la Gabardina había ido al museo aquella noche? ¿Habría ido a buscar el anillo, pero tuvo que irse al encontrarlos a Gael y a ella allí?

Paloma tenía más preguntas que respuestas pero, al menos, había encontrado el anillo del pavo real. Como aún no tenía su teléfono, si quería hablar con Gael y Lizzie debía ir hasta el puesto de churros. Quizás estuvieran allí. Tenía un montón de cosas que contarles.

En cuanto llegó al Jardín Centenario, Paloma vio que Gael y Lizzie se subían a un taxi. Corrió para alcanzarlos, pero un carro dobló delante de ella y le cortó el paso. Le gritó a Gael, pero el chico no la oyó.

"¿Adónde irán?", pensó.

Un par de taxis pasaron por delante de ella y recordó la bolsa que llevaba. Aún no había gastado todo el dinero que le habían dado sus abuelos. Levantó una mano para llamar un taxi. Tan pronto se detuvo uno frente a ella, se subió y se sentó en el asiento trasero. El taxista se volvió hacia ella.

—¿A dónde, mi reina? —preguntó.

Paloma se esforzó por encontrar las palabras que necesitaba para comunicarse en español. Le tenía que decir al taxista adónde quería ir, pero no sabía hacia dónde iban Gael y Lizzie. Trató de recordar cómo decir "follow" y "taxi" en español.

—¡Siga a ese taxi, por favor! —dijo.

El taxista asintió.

Al cabo de unos quince minutos, durante los que viajaron desde Coyoacán hacia el centro de la Ciudad de México, Paloma se dio cuenta de que el taxi de Gael y Lizzie estaba siguiendo a otro taxi. Doblaba cuando el taxi doblaba y reducía la velocidad cuando el otro iba más lento. ¿A quién estarían siguiendo?

Paloma no les quitaba los ojos a los dos taxis mientras avanzaban por las calles. Un niño en harapos tocó a la ventanilla del chofer para venderles caramelos. Otro estaba vendiendo papitas fritas. Paloma no había visto antes esa parte de la Ciudad de México.

De repente, el taxi de Gael y Lizzie se detuvo junto a una acera. El taxi de Paloma se detuvo detrás.

—¡Aquí! Gracias, señor —dijo Paloma y le pagó al taxista con unos billetes.

Estaba a punto de bajarse del taxi cuando se dio cuenta de que Gael y Lizzie permanecían sentados en el asiento trasero de su taxi. Gael se inclinó hacia Lizzie y señaló algo a través de la ventanilla. Paloma siguió el dedo del chico y vio a un hombre delgado de traje, con un portafolio en la mano, que iba hacia un mercado de cuatro pisos repleto de gente.

Paloma se cubrió la boca con la mano. ¡Era el Sr. Farill! Gael y Lizzie salieron del taxi y siguieron al hombre.

—¿Todo bien? —preguntó el taxista.

Paloma examinó sus sandalias, sus pantalones grises y su blusa de rayas azules. Estaba vestida como para ir al parque con sus amigos, ¡no para espiar a nadie! Salió del taxi y fue a toda prisa hacia la puerta por donde había visto a Gael y a Lizzie entrar en el mercado. Una vez dentro, una mujer se acercó a ella y le puso ante los ojos unas marionetas en forma de esqueleto. Tenían flores en la cabeza y vestidos de colores. La vendedora las hacía bailar.

—Gracias, muy bien —dijo Paloma, sin saber qué más decir sobre las raras marionetas.

Logró escabullirse de la vendedora y comenzó a caminar por un estrecho corredor. Divisó la cabeza de Lizzie y la siguió mientras se adentraba cada vez más en el mercado. Pasó frente a mesas llenas de camisetas y *jeans* y mostradores llenos de joyas de oro y plata.

—¡Ofertas! ¡Ofertas! Todo a buen precio, niña —le gritó un hombre.

Sin perder nunca de vista a Gael y a Lizzie, Paloma se abrió paso entre la multitud de compradores con bolsas llenas de aguacates, cebollas y pan, y vendedores que le ofrecían DVDs, zapatos y sombreros inmensos. De pronto, sus amigos se detuvieron. Miraron a la izquierda y a la derecha. Paloma se dio cuenta de que le habían perdido el rastro al Sr. Farill. ¿Dónde estaría? Miró a su alrededor, buscándolo.

Entonces, lo vio a lo lejos, a su izquierda. Apenas lo divisaba a través de la multitud que se arremolinaba frente a los puestos llenos des souvenires mexicanos. Decidió acercarse a él. Simuló estar mirando unas muñecas mexicanas mientras observaba al Sr. Farill. Lo vio saludar a un hombre grueso vestido con un traje deportivo. Se rieron. El hombre del traje deportivo le dio una palmada al Sr. Farill en el hombro y abrió una puerta. Paloma alzó la cabeza y logró ver una habitación a media luz con una mesa en el centro antes de que la puerta volviera a cerrarse. Se volteó hacia donde había visto antes a Gael y a Lizzie, pero ya no estaban allí.

Estaban a su lado.

Capítulo 24

¡Fridistas, unidos!

—¿Qué hacen aquí? —preguntó Paloma.

—Lo mismo te deberíamos preguntar, Kansas —dijo Lizzie, enojada.

—Los estaba buscando. Va a pasar algo en la fiesta por el cumpleaños de Frida —dijo Paloma, sorprendida por la actitud de Lizzie.

—No, ¿no te das cuenta de que la cosa está sucediendo ahora mismo? —le dijo Gael, exasperado.

—El Sr. Farill está en ese cuarto ahora mismo. Esta es nuestra oportunidad de atraparlo en pleno intercambio de productos —agregó Lizzie.

Paloma lo miró incrédula.

—¿Intercambio de qué? ¿Por qué creen que está pasando

algo ahí adentro? Ese gordo de seguro no es el Hombre de la Gabardina —dijo.

Gael le pasó el brazo por encima de los hombros a Paloma, la apartó de la puerta y la atrajo hacia sí.

—No te lo habíamos dicho pero, cuando nos metimos en la casa de los Farill, encontramos un correo electrónico en la impresora. Era un mensaje de un tal Sergei...

—Un nombre ruso —añadió Lizzie—. Probablemente, el Hombre de la Gabardina.

—Le decía al Sr. Farill que tomara un taxi en el Jardín Centenario y se encontrara con él aquí en este mercado, en el primer piso —explicó Gael—. Resulta que es el mismo lugar donde le tendieron la trampa y arrestaron a mi papá.

Paloma lo miró enojada. ¿Por qué no le dijeron sobre ese mensaje cuando hablaron en la escuela?

—No te lo dijimos porque pensamos que ibas a tratar de persuadirnos de que no viniéramos o, peor aún, que se lo ibas a decir a tu amigo Tavo —dijo Gael.

Paloma dio un paso atrás, asombrada de lo que el chico acababa de decir.

—Jamás haría eso —dijo—. Nunca los traicionaría de ese modo. También quiero ayudar a tu papá.

—Gracias, Paloma —dijo Gael, en voz baja—. Pero nosotros estamos dispuestos a hacer lo que sea.

Paloma asintió, dejándoles saber que comprendía lo que querían decir, y volvió a mirar hacia la puerta cerrada.

—¿Cuál es el plan? —preguntó.

—Irrumpiremos en la habitación y tomaremos el anillo del pavo real. Pienso confrontar al Sr. Farill. Le diré: "Hola, me llamo Gael Lorca Castillo. Usted le tendió una trampa a mi papá y ahora va a confesar la escoria que es" —dijo Gael mientras se acercaba a la puerta por la que había entrado el Sr. Farill.

Paloma lo detuvo, sujetándolo por la camisa.

—¿Estás loco? —susurró Paloma—. No puedes entrar ahí por la fuerza y decir esas cosas.

—Pensé que sonaría bien —dijo Gael y miró a su hermana.

—Ves demasiadas películas —dijo Lizzie, con una expresión de burla en la cara.

—Mira, di lo que quieras, pero él no tiene el anillo —explicó Paloma.

Gael la miró con los ojos entrecerrados.

—¿Todavía no nos crees? ¿Qué más pruebas necesitas? —preguntó.

—No, yo sí les creo. Pero sé que él no tiene el anillo porque... lo tengo yo. Lo encontré y lo guardé en mi casa en mi caja de recuerdos —dijo Paloma.

Lizzie y Gael se quedaron boquiabiertos.

—Ya sé que es increíble, pero, ¡lo encontré! —dijo Paloma con entusiasmo—. Y es más bello de lo que se imaginan.

—¿Cómo? —preguntó Lizzie, asombrada.

—Estuvimos en lo cierto desde el inicio. Estaba oculto en el cuarto de limpieza. Pero no podemos devolverlo así como así. Si hacemos eso, no podremos demostrar que el Sr. Farill es un verdadero delincuente ni podremos sacar a su papá de la cárcel. Tenemos que atrapar al Sr. Farill en el acto.

—¡Pero ellos están en ese cuarto ahora mismo! —exclamó Lizzie—. No podemos dejarlos escapar.

—Ahora entiendo por qué despareciste cuando lo vimos en la Casa Azul —le dijo Paloma a Gael—. Te fuiste y pagué las limonadas. No querías que él te viera conmigo. Pensaste que se daría cuenta de que eras el hijo del hombre al que le había tendido una trampa, ¿no?

—Si se daba cuenta de que nos conocíamos, iba a sospechar de nosotros —dijo Gael.

—Si ustedes quieren, se pueden quedar aquí conversando. ¡Yo voy a entrar! —dijo Lizzie y se dirigió hacia la puerta.

—¡No la dejes hacer eso! —le gritó Paloma a Gael.

El chico fue tras su hermana, pero era demasiado tarde. Lizzie le dio vuelta al picaporte y empujó la puerta con el cuerpo. No se abrió.

—Tiene seguro. Por supuesto que tiene seguro —murmuró Lizzie, molesta, y golpeó la puerta con el puño.

Gael la apartó y le dijo algo en español para calmarla. Se fueron al pie de una escalera a conversar.

—Cada minuto que pasa, nuestro padre sigue preso mientras que este tramposo pasea por los mercados y organiza fiestas —dijo Lizzie cruzando los brazos.

Paloma comprendía su dolor. Sentía pena por ella y por Gael. Debía de ser una tortura para ellos saber que su papá, siendo inocente, estaba en la cárcel junto con verdaderos criminales. Era muy injusto. No podía evitar pensar en su propio padre. Tenía una caja llena de fotos suyas, con ella en brazos, montados en el carrusel del centro comercial y leyéndole libros infantiles. Todas fotos maravillosas, prueba de que él se ocupaba mucho de ella. Pero nada se compara con tener al padre de uno al lado. Eso era lo que más le dolía a Paloma. El papá de Gael y Lizzie estaba vivo. Sin embargo, el Sr. Farill lo había apartado de sus hijos por avaricia. Paloma los entendía. Hubiera hecho cualquier cosa por salvar a su papá. Por tenerlo a su lado para siempre.

—Vamos a atrapar al Sr. Farill —dijo Paloma, con una seriedad que la sorprendió a ella misma—. Pero tenemos que ser inteligentes. El Sr. Farill tiene un video de ustedes. Los Farill saben que los que entraron en su casa fueron dos adolescentes. Tienen que andar con cuidado.

—¿Y qué podemos hacer? —preguntó Lizzie—. Está ahí adentro ahora mismo. ¿No deberíamos confrontarlo?

Paloma miró a su alrededor.

—Tenemos que avisar a la policía. Si inventamos algún cuento, a lo mejor nos abren la puerta.

—Ya sé —dijo Gael y salió corriendo.

Paloma y Lizzie se quedaron vigilando la puerta para ver si salía alguien.

—Gracias, Kansas —dijo Lizzie, con una sonrisa—. ¿Sabes? Tú siempre estás hablando de la gran Lulu Pennywhistle, pero yo creo que algún día alguien escribirá libros sobre ti. Me lo puedo imaginar perfectamente, superdetective Paloma Márquez.

—Escribirán libros sobre nosotros tres, creo. ¡Lizzie Castillo, ex mariachi extraordinaria se convierte en la primera mujer presidente de México! —dijo Paloma, riéndose.

—¡Y Gael Castillo, el pintor más talentoso de su generación! —añadió Lizzie.

Gael reapareció con un policía que parecía tener no muchos más años que ellos. El policía sonreía y asentía constantemente.

—Le conté cómo te habían robado el teléfono, Lizzie —dijo Gael—. Y que luego se encerraron en ese cuarto.

—Tienes mucha imaginación para inventar cuentos —le susurró Paloma, arqueando las cejas.

El chico le guiñó un ojo y guio al policía hacia la puerta. El hombre golpeó con suavidad varias veces. Al cabo de unos segundos, sonrió y volvió a golpear la puerta. Entonces, Lizzie se le acercó y golpeó con más fuerza. Nadie respondió. El policía sacó la macana y les hizo un gesto a los chicos para que se apartaran. Cuando retrocedieron, comenzó a golpear el picaporte con la macana, hasta que cayó al suelo. Entonces, entreabrió la puerta y se asomó.

—Aquí no hay nadie —les dijo, y los miró, como disculpándose.

Lizzie y Gael entraron al cuarto. Paloma los siguió. Además de un escritorio y un cesto de alambre tejido para la basura, en el pequeño cuarto no había nada.

—¿Qué jugarreta es esta? —preguntó Paloma, quien había visto con sus propios ojos al Sr. Farill entrar en aquel cuarto.

Los tres lo habían visto. Tenía que haber otra salida. Mientras Gael buscaba en el cesto de basura, Paloma y Lizzie palpaban las paredes. De pronto, Paloma sintió una ranura en la pared. Lizzie se acercó y la alumbró con la luz del teléfono. Era una puerta. Lizzie la empujó y se abrió a la calle. Paloma retrocedió, casi sin aliento.

—Esto sí parece sacado de una novela de Lulu Pennywhistle —dijo.

—¿Y qué me dices de esto? ¿También se podría sacar de una novela de Lulu Pennywhistle? —preguntó Gael y le mostró una tarjeta de notas —. Creo que he encontrado algo que te pertenece.

Aunque el cuarto estaba a oscuras, Paloma reconoció al instante el dibujo del carro negro que había hecho. Se trataba de la tarjeta que había dejado en la maceta con un mensaje que decía: "¡Te estoy mirando!".

Capítulo 25

Cómo atrapar a un ladrón

Una suave brisa le dio a Paloma en la cara. ¿Habría dejado abierta la ventana de su habitación? Alzó la cabeza, atraída por un tintineo que le recordaba el sonajero del porche de la casa de sus abuelos en Kansas.

Frida Kahlo estaba sentada frente al tocador. Llevaba una larga falda verde con volantes blancos, una blusa roja y un chal negro. Sus brazaletes repicaban mientras se ajustaba una flor morada en el pelo.

—Estoy soñando, ¿verdad? —preguntó Paloma, sentándose en la cama y mirando a la pintora.

—Sí —dijo Frida y le sonrió—. Es lindo soñar, ¿no? Pero la realidad es aún mejor.

—Frida, tengo que ayudar a mis amigos, pero no sé qué

hacer —dijo Paloma y la miró a los ojos—. ¿Crees que puedo resolver este problema?

Frida inclinó la cabeza hacia un lado y volvió a sonreír.

—Si crees que puedes —dijo—, no tengo que decírtelo.

Unos toques en la puerta de la habitación sacaron a Paloma de su sueño.

—¿Frida? —dijo Paloma, aún bajo la cobija.

La chica miró a su alrededor. Frida había desaparecido. La ventana estaba cerrada con pestillo. Mientras Paloma se estiraba, su mamá se asomó por la puerta.

—Levántate, Paloma. Vas a llegar tarde a las clases.

Paloma se restregó los ojos.

—Detesto las mañanas —balbuceó.

—Estabas hablando con Frida Kahlo en tu sueño —dijo la mamá de Paloma mientras entraba en la habitación y se sentaba en el borde de la cama.

—¿De verdad? —preguntó Paloma, entre risas—. ¿Nos escuchaste hablar de colibríes y sandías?

La mamá se echó a reír.

—No sé de qué estaban hablando, pero dijiste su nombre. Bueno, levántate, vas a llegar tarde.

En cuanto su mamá salió del cuarto, Paloma se levantó de la cama. Buscó la caja de recuerdos y la abrió. El anillo del pavo real seguía allí y, debajo, la flor morada que había llevado en el pelo la primera noche en Coyoacán. Estaba marchita y aplastada. Siguió buscando hasta hallar la nota que Gael le había dado aquella primera noche en la Casa Azul. De pronto, tuvo una idea. Tomó la nota y el libro de Lulu Pennywhistle que había traído a México. Luego, se puso la primera ropa que encontró y salió de prisa para llegar a tiempo a la escuela.

Una vez más, Gael y Lizzie se encontraron con ella afuera de la escuela, durante el recreo. Tenían que hacer un plan para atrapar al Sr. Farill en la fiesta por el cumpleaños de Frida.

—Entonces, ¿tú crees que el Sr. Farill dejó la llave y la nota para el Hombre de la Gabardina? —preguntó Gael.

Paloma asintió.

—Probablemente. Él no puede arriesgarse a que lo sorprendan con el anillo. Por eso contrató al Hombre de la Gabardina para que lo saque de la Casa Azul la noche de la fiesta. "Las mañanitas" será la señal para ir al cuarto de limpieza, recoger el anillo y salir de allí. Las cámaras no lo delatarán porque irá con una máscara, al igual que el resto de los invitados. Nadie se dará cuenta de que está allí.

Lizzie asintió con entusiasmo y sacó una hoja de papel de su cartera.

—Miren, nos dieron esto hoy. Es el programa de la fiesta. Tocaremos dos veces. La segunda, a las 8:15 p.m. Todos los mariachis tocarán "Las mañanitas" cuando saquen el pastel de cumpleaños, justo a la hora que dice la nota. Es el momento perfecto para que el Hombre de la Gabardina entre en acción porque todos estarán cantando y festejando.

—¡Exacto! —exclamó Paloma—. Lo que no se esperan el Sr. Farill y el Hombre de la Gabardina es que vamos a estar allí para atraparlos.

—¿Y si el Sr. Farill sospecha de nosotros? —preguntó Gael—. Bueno, ya sabemos que sospecha de nosotros. La tarjeta tuya que encontramos ayer lo demuestra, ¿no? Sabe que estabas tratando de hablar con nosotros. Sabe que algo está pasando, ¿no es cierto?

Paloma alzó una ceja. Era cierto. Si el Sr. Farill sospechaba de ellos, tenían que ser muy precavidos.

—Por seguridad, deberías disfrazarte para ir a la fiesta. Habrá mariachis y bailarines vestidos con trajes folclóricos. Gael, ¿por qué no te vistes de mariachi tú también? —dijo Paloma.

—Le daré un traje —dijo Lizzie.

—Y, ¿cómo vamos a atrapar a Farill en el acto? —preguntó Gael—. ¿Cuál es el plan?

Paloma le entregó la nota que él le había dado la noche que se conocieron.

—¿Recuerdas cómo comenzó todo esto? La única manera de atrapar al Sr. Farill en el acto es haciendo que él saque el anillo del museo. En el libro de Lulu Pennywhistle, ella atrapa a un notorio delincuente convenciéndolo, con un mensaje falso, de que su plan había salido mal. Eso lo obliga a actuar de improviso, con lo que sale a relucir su maldad.

—Lulu es un genio —dijo Gael—. Nosotros podemos hacer algo así.

—Me gusta ese plan —añadió Lizzie.

—Lizzie, vamos a necesitar un micrófono y una bocina durante la fiesta —dijo Paloma.

—Soy una mariachi, Kansas. No hay problema.

—Gael, tú tendrás que hacer un montón de cosas. Irás al cuarto de limpieza, cambiarás lo que hay en la bolsa, te esconderás bajo el escritorio con los teléfonos listos para grabar y esperarás por el Sr. Farill. ¿Qué te parece?

—¿Cambiar lo que hay en la bolsa? —preguntó Gael—. Está bien. Y, ¿con qué vamos a reemplazar el anillo? —añadió.

—Tengo la solución perfecta. Déjamelo a mí. Le llevaré la nota al Sr. Farill mucho antes de que suene "Las mañanitas" para confundirlo y obligarlo a confesar lo que hizo.

—¿Y el Hombre de la Gabardina? ¿Qué pasará con él?

—Una vez que el Sr. Farill sea descubierto y esté detenido —dijo Paloma encogiéndose de hombros—, el Hombre de la Gabardina no es nuestro problema.

Capítulo 26

¡Feliz cumpleaños, Frida!

La noche de la fiesta, Paloma se puso una máscara de brillos, adornada con una pluma de pavo real. Con la máscara y el vestido blanco que su mamá había elegido para ella se sentía transformada. Ya no era Paloma Márquez, una chica común y corriente de Kansas que soñaba con ser la detective Lulu Pennywhistle. Ahora era Paloma Márquez, detective internacional, buscadora de anillos perdidos y cazadora de ladrones de joyas.

En cuanto entró en la sala donde la esperaban su mamá y el profesor Breton, los dos comenzaron a silbar y a aplaudirla.

—¡Ay, bonita! —exclamó el profesor Breton.

—Bueno, bueno —dijo Paloma e hizo un gesto con las manos para que dejaran de celebrarla.

—Te mandé a hacer esto —dijo la mamá de Paloma y le dio una cadena de oro de la que colgaba un ópalo rojo.

—¡Tu anillo de bodas! —exclamó Paloma, casi sin aliento.

Su madre se lo puso en el cuello.

—Ahora es tuyo. Algo que tu padre tocó con sus manos te acompañará siempre. Es tu propio recuerdo.

Paloma tocó la fría superficie del ópalo. Ese collar era el regalo más hermoso que hubiera podido imaginar. Le dio un fuerte abrazo a su madre.

—Gracias, mamá —dijo—. Me encanta.

—Hay algo más —dijo la mamá de Paloma y sacó de su cartera el teléfono celular de su hija—. El profesor Breton dice que eres su mejor estudiante, así que te mereces que te lo devuelva.

—¡Gracias! —exclamó Paloma, encantada, y guardó el teléfono al salir de la casa.

En la entrada de la Casa Azul, unos mariachis les daban la bienvenida a los invitados. Paloma escuchó el nítido sonido de la trompeta de Lizzie. Intercambió una rápida sonrisa con su amiga, quien estaba vestida de pies a cabeza con un elegante traje de mariachi negro y plateado y una máscara de seda plateada. Lizzie la saludó con la cabeza antes de volver a llevarse la trompeta a los labios.

Paloma siguió al profesor Breton y a su mamá, quienes entraron al museo, pero tuvo tiempo de divisar a la adivina afuera, tratando de venderles alhajas a los invitados. Enseguida se encontraron con los Farill, quienes les dieron una calurosa bienvenida. Paloma apenas reconoció al Sr. Farill tras su máscara dorada con piedrecillas, a juego con la de la Sra. Farill. Tavo, a diferencia de sus padres, tenía puesta una máscara morada muy divertida como la que usa una de las tortugas ninjas.

—Luces fenomenal —le dijo Tavo a Paloma.

—Gracias —respondió Paloma con una sonrisa.

La chica sintió un pinchazo de remordimiento al pensar que esa noche trataría de desenmascarar a su padre. Estaba tan deseosa de ayudar a Gael y a Lizzie que había olvidado que ese asunto afectaría al chico. Sin embargo, lo que su papá le estaba haciendo al Sr. Castillo era injusto. Había que impedir que continuara.

—Mamá, ¿puedo dar una vuelta? —le preguntó a su madre, y recorrió la sala con la vista en busca de Gael.

—Por supuesto, *little bird*. ¡Diviértete! Pero ven a verme de vez en cuando.

Paloma asintió y se alejó con Tavo.

Mientras Tavo señalaba a los políticos y artistas famosos que habían ido a la fiesta, Paloma no dejaba de buscar a Gael. De pronto, lo vio entre los bailarines de danzas folclóricas. Estaba vestido como ellos y Paloma no pudo evitar echarse a reír. Era la primera vez que lo veía sin el gorro negro tejido. Le gustaba como le quedaba el sombrero. Gael le hizo un guiño y le indicó con un gesto que fuera a verlo cerca de la mesa del ponche.

Tavo estaba entretenido saludando a un amigo.

—Voy a buscar ponche para los dos —le dijo Paloma.

Encontró a Gael frente al ponche sirviendo dos vasos.

—Uno para ti y otro para Tavo —le susurró Gael.

—¿Qué pasó con el traje de mariachi? —le preguntó Paloma, en voz baja también.

Gael puso los ojos en blanco.

—Lizzie me falló. Me consiguió este traje que es de un amigo de ella. Ahora voy a tener que bailar un jarabe tapatío con el grupo. Así que, por favor, vamos a terminar esto lo antes posible —dijo Gael y se quitó el sombrero para pasarse una mano por el pelo negro.

—¿Podrían encontrarse conmigo junto a la pirámide de Frida dentro dos minutos? —preguntó Paloma.

Gael asintió y se alejó.

Tavo seguía hablando con el chico cuando Paloma regresó junto a él. Le entregó el vaso de ponche.

—Tengo que ir a ver a mi mamá. Vuelvo en unos minutos —le dijo.

Paloma se dirigió a la pirámide roja y amarilla que había en el patio de la casa de Frida.

—Aquí —susurró Gael.

Paloma se les acercó y se agachó junto a sus amigos.

—Este es el mensaje —dijo Paloma y les mostró la nota.

Era un mensaje breve y dulce. Y, con suerte, lo suficientemente intimidante para poner nervioso al Sr. Farill. La idea era que saliese corriendo al cuarto de limpieza donde tendrían todo preparado para grabarlo con la bolsa del anillo en la mano y obtener su confesión. Le había funcionado a Lulu Pennywhistle.

—Ya hablé con el DJ. Es mi amigo y me prestará su micrófono y sus bocinas —anunció Lizzie—. Cree que voy a cantar una canción de sorpresa antes de "Las mañanitas".

—Y yo cambié el contenido de la bolsa —añadió Gael—. En cuanto terminemos aquí, voy a preparar los teléfonos para grabar y luego me esconderé.

—¡Perfecto! ¡Buena suerte! —dijo Paloma sonriendo—. Recuerden, si algo empieza a salir horriblemente mal, hagan lo mismo que Lulu.

—¿Qué? —preguntó Gael.

—Seguir siendo genial y no dejar que se escape el criminal —dijo Paloma con una sonrisa y le entregó su teléfono.

Lizzie puso los ojos en blanco y se alejó enseguida, pero Gael se demoró un momento.

—Una última cosa, Paloma —dijo el chico y se sacó de debajo de la camisa el cordón con la medalla del guerrero águila—. Te devuelvo esto para que te...

—Proteja —concluyó Paloma, e inclinó la cabeza para que Gael le pusiera la medalla—. Gracias.

—Pase lo que pase esta noche, quiero que sepas que quiero conocerte mejor y ser tu amigo —dijo Gael.

Paloma sintió que el corazón le saltaba en el pecho.

—Te irás a Kansas —dijo Gael—, pero nuestra amistad no terminará en una frontera imaginaria en el cielo. Somos pájaros. Nuestras alas son nuestra amistad. Yo seré parte de tu cielo y tú del mío por mucho tiempo, ¿está bien?

—Está bien —susurró Paloma.

—Nos vemos, Paloma —dijo Gael y se alejó.

Paloma se quedó agachada, alucinando con las palabras de Gael. Al otro lado del patio, vio al Sr. Farill con su esposa y una pareja que Tavo le había presentado antes. Aún se le hacía difícil creer que el Sr. Farill pudiera ser tan malvado luego de haber sido tan amable con ella. Se paró, se arregló el collar del guerrero águila y el del ópalo rojo y miró a Tavo, quien seguía conversando con sus amigos.

Paloma sabía que, pasara lo que pasara esa noche, Tavo saldría lastimado. Respiró profundo. Lulu no la había preparado para romperle el corazón a un amigo. Cuando volvió a mirar hacia el lugar donde había visto al Sr. Farill, este ya no estaba al lado de su esposa.

Recorrió el patio con la vista, tratando de divisar al hombre de esmoquin negro con máscara dorada. No lo vio por ninguna parte. El corazón comenzó a latirle con fuerza. De pronto, desde la mesa del DJ, Lizzie le hizo un gesto para llamar su atención. La miraba con una expresión de pánico en el rostro. Cuando Lizzie se dio cuenta de que Paloma la había visto, señaló al fondo del patio. Paloma miró en esa dirección y vio que el

Sr. Farill iba a toda prisa hacia el cuarto de limpieza, donde Gael estaba preparándolo todo.

¡No podía ser! Paloma sintió que se erizaba de pies a cabeza. El Sr. Farill se había adelantado. ¿Por qué iba ahora al cuarto? No había podido darle la nota. Además, ¡sorprendería a Gael!

Lizzie comenzó a tocar la trompeta frente al micrófono. Muchas personas, entre ellas la mamá de Paloma y el profesor Breton, se acercaron a escucharla. Todo sucedía a una velocidad vertiginosa.

Paloma siguió al Sr. Farill. Lo vio agacharse para meterse entre las ramas del árbol, sin que se diera cuenta de que ella lo seguía. Rogaba por que su amigo hubiera tenido tiempo de preparar los teléfonos y esconderse.

El Sr. Farill se detuvo ante la puerta abierta y miró hacia donde Paloma había descubierto la caja metálica, a los pies del árbol. Paloma estaba agachada detrás de unas ramas y lo observaba. Por fin, el Sr. Farill entró al cuarto. En silencio, Paloma se acercó a la puerta y esperó, rogando que Gael estuviera oculto bajo el escritorio como habían planeado.

La chica oyó un crujido y unos ruidos, como si estuvieran raspando algo. Eso era un buen indicio. Si el Sr. Farill hubiera descubierto a Gael, estaría llamando a gritos a los de seguridad. Paloma se asomó a ver lo que sucedía. Vio al padre de Tavo mover la silla de ruedas y levantar la baldosa suelta del piso. De pronto, el Sr. Farill fue hasta la escalera y agarró una barra de metal con un gancho en el extremo. Paloma miró hacia el escritorio cubierto por las sábanas. Gael estaba filmándolo todo.

El Sr. Farill metió el gancho en el agujero del piso. Mientras sacaba la bolsa, Paloma se acercó.

—¿Todo bien, Sr. Farill? —preguntó Paloma con voz dulce—. ¿Necesita ayuda?

El hombre la miró, sorprendido. Paloma dio unos pasos más hacia él.

—Todo está bien. Por favor, regresa con Tavo.

—Yo estoy aquí —dijo Tavo, detrás de Paloma—. ¿Qué pasa, papá? ¿Qué es este cuarto?

Paloma se quedó petrificada. ¿Por qué Tavo estaba allí? El Sr. Farill parecía no saberlo tampoco. En cuestión de segundos, su expresión cambió de la sorpresa al enojo para luego volverse una amable sonrisa. Paloma no sabía qué decir. Vio el teléfono de Gael asomándose por un agujero de la sábana, filmándolo todo. En cualquier momento, Lizzie dejaría de tocar la trompeta y comenzaría a amplificar por el micrófono y las bocinas todo lo que ellos hablaban en el cuarto de limpieza.

—No pasa nada, hijo. Ustedes dos, regresen a la fiesta. Tu mamá quería más vasos y vine a buscarlos —dijo el Sr. Farill.

—¿Vasos? —preguntó Tavo, mirando la bolsa de terciopelo que su padre tenía en la mano.

Lizzie terminó de tocar y el público aplaudió. Había llegado el momento en que Paloma desenmascararía al Sr. Farill y todos se enterarían de quién era el verdadero ladrón. Pero la chica jamás se imaginó que Tavo iba a estar allí y no sabía cómo eso afectaría su plan.

—Sr. Farill, esa bolsa que tiene en la mano es muy bella. ¿Es de terciopelo? ¿Qué tiene adentro? —dijo Paloma, despacio, disfrutando de la expresión de disgusto en la cara del Sr. Farill.

—¡Yo me encargaré de ella! —rugió una voz con marcado acento ruso detrás de Tavo y Paloma.

Era el Hombre de la Gabardina. Cuando pasó cojeando en dirección al Sr. Farill, Paloma sintió que se le hacía un nudo en el estómago. Tras su máscara plateada, pudo ver su mirada aterradora y comenzó a temblar. El hombre con el que el Sr. Farill se había encontrado en el mercado también llegó en ese momento. Llevaba un abrigo de cuero negro y una máscara de color rojo metálico. Al entrar al cuarto, cerró la puerta.

—¿Qué hacen estos chiquillos aquí?

El Sr. Farill le entregó la bolsa al Hombre de la Gabardina.

—Has llegado demasiado temprano —dijo el Sr. Farill, molesto—. Y no se preocupen por ellos, regresarán a la fiesta.

—Papá, ¿qué pasa aquí? —preguntó Tavo y se puso delante de Paloma para protegerla.

El Hombre de la Gabardina ignoró a Tavo y comenzó a hablar en ruso con el Sr. Farill.

—¿Por qué no regresan a la fiesta ustedes dos? Estas personas son socios financieros —dijo el Sr. Farill y le sonrió a Tavo—. No te preocupes, hijo.

—Vamos, Paloma —dijo Tavo.

Pero Paloma tenía los pies soldados al piso. Su plan era hacer que el Sr. Farill confesara sus crímenes por el micrófono que Lizzie tenía preparado. La llegada de Tavo y la presencia del Hombre de la Gabardina y su amigo no estaban en el plan. Sin embargo, no se iba a rendir por eso. El corazón le latía con fuerza mientras trataba de decidir qué hacer.

—Quiero ver lo que hay en esa bolsa. Usted la sacó de un agujero en el piso. ¿No es cierto, Sr. Farill? ¿Qué hay en la bolsa?

La sonrisa del Sr. Farill se convirtió en una mueca.

—Estoy perdiendo la paciencia contigo, Paloma —dijo en tono amenazador.

—Vamos, Paloma. Está insoportable. Vámonos —dijo Tavo y la tomó de la mano.

Pero Paloma se zafó de la mano de Tavo y se acercó al Hombre de la Gabardina.

—¿No me reconoce? —preguntó con una sonrisa sarcástica.

El Hombre de la Gabardina la miró con malicia y se acarició la barbilla, justo donde ella le había dado una patada la noche en que él había tratado de sacarla de debajo del escritorio.

—¿De qué hablas? —preguntó Tavo—. ¿Qué pasa aquí?

—Muéstranos lo que hay en esa bolsa —dijo Paloma.

El Hombre de la Gabardina se rio entre dientes. El otro hombre, a su lado, se echó a reír mostrando dos hileras de dientes de oro. Paloma miró de reojo al sitio desde donde Gael seguía grabándolo todo.

—Ya que insistes —dijo el Hombre de la Gabardina.

—¿Es realmente necesario? —preguntó el Sr. Farill.

El Hombre de la Gabardina abrió la cajita y el rostro se le puso tan blanco como la leche.

—¿Qué significa esto? —bramó, mostrándole la cajita al Sr. Farill.

En el interior de la caja estaba la mancuernilla del Sr. Farill. Paloma se echó a reír.

—Papá, ¿no es esa tu mancuernilla? —preguntó Tavo—. ¿Qué pasa? ¿Por qué...?

—¿Dónde está el anillo? —aulló el Hombre de la Gabardina y trató de agarrar al Sr. Farill por el cuello del esmoquin—. Espero que no estés tratando de engañarme —lo amenazó—. Hicimos un trato y nuestro comprador no va a estar muy contento si no cumples con él.

—¡Estaba ahí! —gritó el Sr. Farill—. Lo escondí ahí en el agujero. Cuando vine a revisar la semana pasada, estaba ahí mismo.

Tavo se lanzó sobre el Hombre de la Gabardina para separarlo de su padre. Pero el ruso le dio tal empujón que lo hizo caer sobre Paloma, quien soltó un gemido.

De pronto, Gael salió de debajo del escritorio.

—¡Déjala!

El otro hombre agarró a Gael por el cuello y comenzó a estrangularlo. Paloma no soportaba ver la expresión de dolor en el rostro de Gael.

—¡Suéltalo! —gritó.

El Hombre de la Gabardina le hizo una señal a su compinche y este soltó el cuello de Gael, pero lo mantuvo agarrado por los brazos.

—¿Y a quién tenemos aquí? —preguntó el Sr. Farill.

Paloma miró fijo a Gael para advertirle que no dijera nada, pero el chico se paró tan recto como pudo y miró al Sr. Farill a los ojos.

—Soy Gael Lorca Castillo. El hijo de Antonio Manuel Castillo —dijo—. Usted le tendió una trampa a mi padre y lo envió a·la cárcel. Ahora tiene que reconocer lo que ha hecho.

—¿Gael Castillo? —repitió Tavo y miró a Paloma—. ¿Tu tutor de español?

Paloma se mordió el labio inferior. Temía que le fuera a pasar algo a Gael. ¡Quién podría saber lo que haría el Sr. Farill!

—Tu padre es un tonto —dijo el Sr. Farill—. Le di la oportunidad de recibir una parte del dinero de la venta del anillo, pero no quiso aceptar mi oferta. Está empecinado en que las obras de Frida no salgan de México. Es un tonto y tú eres otro tonto si crees que me puedes quitar el anillo. ¡Dámelo! Sé que lo tienes.

Gael tragó en seco y comenzó a tartamudear en español, tocándose los bolsillos del pantalón, como si buscara el anillo. Paloma sostuvo con fuerza las asas de su cartera. Tenía el anillo adentro.

—¿Qué dices, papá? —dijo Tavo—. ¿Por qué actúas así?

—Tu papá quiere sacar de México, de manera ilegal, el anillo del pavo real que perteneció a Frida —dijo Paloma y sintió que el corazón se le quería salir del pecho.

Pobre Tavo. Paloma lamentaba que estuviera allí, pero ya era imposible ocultarle la verdad. El Sr. Farill no era un amante del arte. Lo que amaba era el dinero. Había perdido la máscara. Rogó que Lizzie y todos los invitados estuvieran oyendo lo que sucedía.

—Tu papá roba obras de arte para venderlas. Por eso le tendió una trampa a Antonio Castillo... —añadió Paloma.

—Cállate, mocosa insolente —gritó con rabia el Sr. Farill.

—Estás loco, papá —dijo Tavo sin poder creer lo que oía.

—¿Yo? Estos revoltosos han estado planeando y mandándose mensajes a tus espaldas. Ellos fueron los que se metieron a robar en nuestra casa. Sergei los ha estado vigilando desde que me dijiste que el tutor de español de Paloma era Gael Castillo —dijo el Sr. Farill, mirando al hombre que tenía sujeto a Gael.

Gael y Paloma intercambiaron una mirada. Estaban confundidos. Hasta ese momento, habían creído que Sergei era el nombre del Hombre de la Gabardina.

—Desde un principio, supe que los Castillo planeaban algo —dijo el Sr. Farill y se volteó hacia Gael—. Ahora tú y tu hermana irán con su padre a la cárcel.

—¡Usted es el que debe ir a la cárcel! —gritó Gael.

—¡Basta ya! —gritó el Hombre de la Gabardina—.

Tenemos lo que necesitamos —agregó, llevándose una mano al pecho.

—¿Qué quieres decir? —dijo el Sr. Farill, sorprendido.

Paloma sintió un escalofrío cuando oyó que la puerta del cuarto se abría. Una luz intensa iluminó la cara del Sr. Farill, quien palideció al instante y levantó las manos sobre la cabeza.

—¡Apártense, muchachos! —gritó una potente voz desde la puerta.

Paloma reconoció aquella voz. Se dio vuelta y vio a la adivina con una pistola en la mano... y una placa de policía en la otra.

Capítulo 27

Los revoltosos

Además de la adivina, el cuarto se llenó de policías vestidos con uniformes negros. En un abrir y cerrar de ojos, la adivina esposó a Sergei mientras el Hombre de la Gabardina le ponía las esposas al Sr. Farill y lo empujaba hacia otro policía para que lo sacara de allí.

—¡Papá! —gritó Tavo—. ¿Qué pasa?

—¡No te preocupes, hijo! —gritó el Sr. Farill por encima del hombro—. Me han tendido una trampa. Dile a tu madre que llame a mi abogado.

Paloma miró a Tavo. El chico tenía la cara colorada, como si le hubieran dado dos bofetadas. Una policía le tendió un brazo para guiarlo hacia la salida, pero él levantó las manos.

—Estoy bien —dijo en voz baja y salió del cuarto solo.

Paloma permanecía sin moverse, a la espera de que el Hombre de la Gabardina y la adivina le aclararan lo que había sucedido.

—¿Quiénes son ustedes? —les preguntó.

Gael estaba a su lado, incapaz de hablar debido a la sorpresa.

—Somos oficiales de la Interpol, la policía internacional —respondió la adivina—. Hemos estado vigilando el contrabando de obras de arte entre México y Rusia por un tiempo. Pero, sin la ayuda de ustedes, no hubiéramos podido capturar a Sergei ni al Sr. Farill.

—¿Y el Sr. Castillo? —preguntó Paloma—. ¿Ya lo pueden sacar de la cárcel?

El Hombre de la Gabardina asintió, sonriendo.

—Mañana al amanecer estará de vuelta en su casa. ¿Ustedes tienen alguna evidencia que nos quieran entregar? —preguntó.

—¿Qué? —dijo Paloma, confundida.

Gael la tocó con el codo.

—Ah, sí, el anillo. Por poco se me olvida —dijo Paloma y sacó el anillo del pavo real de su cartera para entregárselo a la adivina.

—Qué buena idea la de poner la mancuernilla en la bolsa —dijo el Hombre de la Gabardina con un guiño—. Esa no me la esperaba.

—Gracias —dijo Paloma.

La adivina observó el anillo del pavo real.

—Es precioso. Ya entiendo por qué me pediste uno así —dijo, en broma—. Bien hecho, chicos.

Uno de los policías le puso una manta sobre los hombros a Gael y lo acompañó hacia la puerta. Gael se dio vuelta y miró a Paloma.

—No pienso irme sin ella —dijo.

El Hombre de la Gabardina se quitó el abrigo que le había dado ese apodo y se lo puso por encima de los hombros a la chica. Paloma le dio la mano a Gael y salieron juntos del cuarto.

—El Sr. Farill nos llamó revoltosos —dijo Paloma.

—¿De verdad somos unos revoltosos? —preguntó Gael, encogiendo los hombros.

—Sin dudas —dijo Paloma y dejó escapar un suspiro.

Cuando llegaron al patio, Lizzie se les acercó corriendo y los abrazó.

—¡Lo logramos! —exclamó, orgullosa.

Los invitados no paraban de susurrar mientras la policía se llevaba, esposados, al Sr. Farill y a Sergei. Cruzaron el patio y los metieron en unas patrullas.

La mamá de Paloma se acercó corriendo y abrazó a su hija.

—¿Estás bien? —dijo y tomó el rostro de Paloma entre sus manos y le besó la cabeza—. ¿Estás herida?

—No, estoy bien —dijo Paloma.

Tavo corrió hacia su mamá. Por un momento, su mirada se cruzó con la de Paloma, pero enseguida se quitó la máscara que aún llevaba y bajó la mirada. Paloma no había querido hacerle daño. Trató de cruzar otra mirada con él, pero la Sra. Farill se lo llevó hacia la salida y Tavo no volvió a mirar atrás. Paloma sintió que se le hacía un nudo en la garganta. Se preguntó si esa sería la última vez que lo vería.

—Damas y caballeros —dijo la adivina por el micrófono.

Explicó que ella y sus compañeros eran oficiales de la Interpol y que, aunque se disculpaban por haber interrumpido la fiesta, habían tenido que hacerlo para proteger a los tres jóvenes héroes que habían logrado rescatar una de las joyas más importante de Frida Kahlo. Los invitados comenzaron a comentar en voz baja, mirando a Paloma, a Gael y a Lizzie, quienes se abrazaban entre sí.

—Gracias al valor que mostraron estos niños —añadió la oficial de la Interpol—, esta noche, en que celebramos un aniversario más del nacimiento de Frida Kahlo, hemos recuperado el anillo del pavo real que le había sido robado a Frida, a la Casa Azul y al pueblo de México.

La oficial mostró el anillo en su mano para que todos pudieran verlo. Los gritos de emoción llenaron la noche y todos comenzaron a aplaudir. Paloma logró sonreír al fin mientras los policías la felicitaban y la gente les lanzaba besos a los tres.

—Esto sí fue una fiesta —dijo el profesor Breton y chocó palmas con Paloma.

—Sin embargo, me siento un poco mal por lo sucedido —dijo Paloma.

—¿Por qué?

—Tuvimos que arruinar la fiesta por el cumpleaños de Frida para recuperar el anillo del pavo real —explicó Paloma.

—¿Arruinar la fiesta? ¿Es que no has aprendido nada de Frida? —preguntó el profesor Breton negando con la cabeza—. Yo creo que este es exactamente el tipo de fiesta que a Frida le hubiera gustado. ¿La Interpol? ¿Contrabandistas rusos? ¿Una adivina callejera que arresta a todo el mundo? Frida habría estado feliz.

Paloma asintió. Quizás el profesor tenía razón. Miró hacia el cuarto de Frida, donde estaba su urna sobre una mesa.

—Feliz cumpleaños, Frida —susurró Paloma.

Capítulo 28

El niño perdido

Tan pronto llegaron a la Casa Azul para la ceremonia de entrega de premios, todo el mundo comenzó a tomarles fotos a Paloma y a su mamá. Varias personas le regalaron flores a la chica. Le decían la Palomita Valiente. Incluso, un periódico publicó un artículo con ese título, que relataba cómo Paloma, Gael y Lizzie se habían enfrentado a un contrabandista ruso de joyas y al acaudalado y poderoso Sr. Farill y cómo habían devuelto el anillo perdido de Frida a la Casa Azul.

Paloma disfrutaba ser el centro de atención y estaba ansiosa por recibir la medalla que el alcalde de la ciudad le iba a entregar pero, sobre todo, quería ver a Gael y a Lizzie, a la adivina y al Hombre de la Gabardina una vez más antes de regresar a Kansas.

El nombre real del Hombre de la Gabardina era Mijaíl Alexeev. A través de los periódicos, Paloma se enteró de los detalles de cómo Mijaíl y Rosa Zúñiga, la adivina-policía de la Interpol, estaban tras el rastro de las obras de arte que se traficaban ilegalmente entre México y Rusia. Durante un año, Mijaíl había infiltrado operaciones clandestinas. Un día, recibió un mensaje de un hombre llamado Sergei Rykov que estaba ayudando a un cliente desconocido a vender un valioso arte-facto diseñado por la conocida pintora Frida Kahlo. Mijaíl enseguida llamó a su colega Rosa Zúñiga para que lo ayudara a resolver el caso, pues él creía que un hombre inocente había sido enviado a la cárcel por el robo de un objeto de la Casa Azul. Mijaíl simuló ser un contrabandista ruso y entró en contacto con Sergei, quien a su vez lo puso en contacto con el Sr. Farill. El padre de Tavo estaba tan ansioso por vender el anillo del pavo real de Frida, valorado en más de cinco millones de dólares, que no había tomado suficientes precauciones cuanto le tendió la trampa al Sr. Castillo y lo metió a la cárcel. Ninguno de sus colegas del museo pensaba que el Sr. Castillo fuera capaz de hacer algo así. Como sospechaban que algo raro estaba ocu-rriendo, decidieron instalar cámaras de seguridad por toda la Casa Azul.

Mientras Mijaíl esperaba el momento oportuno para atra-par al Sr. Farill y a Sergei, a Rosa le encargaron vigilar a los hijos del Sr. Castillo. Sabían que Gael y Lizzie estaban tratando por todos los medios de liberar a su padre y necesitaban pro-tección. Rosa se disfrazó de adivina para vigilarlos. Pero la

Interpol no pudo averiguar cómo Paloma se había involucrado en el asunto.

Paloma recordó que el Hombre de la Gabardina parecía confundido cuando la vio bajo el escritorio. Ahora sabía que era porque esperaba ver a Gael o a Lizzie. Según los periódicos, Mijaíl y Rosa se sorprendieron cuando apareció una niña estadounidense de doce años que comenzó a preguntar por el anillo del pavo real y a visitar la Casa Azul. Halagaron a Paloma por el valor y la inteligencia que demostró para hallar el anillo y organizar el plan que provocaría la confesión del Sr. Farill y que liberaría a Antonio Castillo. Rosa, incluso, se refirió a ella como una "futura detective de la Interpol". ¡Y ahora la ciudad los homenajeaba a ella y a sus amigos!

Cuando Paloma entró en el patio, Gael y Lizzie corrieron hacia ella, seguidos por su papá. El Sr. Castillo le dio un gran abrazo a Paloma.

—No sabes cuánto te agradezco lo que has hecho —le dijo—. Ahora eres parte de nuestra familia.

Paloma asintió. Sintió ganas de llorar. Las palabras del Sr. Castillo fueron el mayor premio que recibió ese día. No necesitaba nada más.

Unos mariachis comenzaron a tocar, dando inicio a la ceremonia. Cuando el alcalde presentó a Rosa Zúñiga, quien les entregó las medallas y un cheque de cinco mil dólares a cada chico, Paloma miró hacia un lado del patio y vio a un muchacho de pelo castaño que miraba el agua de la fuente. Llevaba un polo azul claro y pantalones color crema. Le pareció conocido.

"Tavo", pensó. Pero, cuando volvió a mirar y pudo verle la cara, se le cayeron las alas del corazón. No era Tavo.

Paloma lo había llamado al día siguiente de la fiesta, pero él no respondió el teléfono. No lo culpaba. Desde entonces, la noticia de los delitos de su padre había estado en todos los periódicos locales. Era posible que Tavo no estuviera ya en Coyoacán. Hoy esperaba saber un poco más sobre lo que había pasado con su familia a través de Rosa o Mijaíl. No quería regresar a Kansas sin saber si estaba bien.

Después de la ceremonia, Paloma, Gael y Lizzie se sentaron en una larga mesa de artesanía con otros chicos. Como homenaje a Frida, cada uno pintaría su autorretrato. Algunos reporteros los merodeaban tomándoles fotos mientras pintaban. Paloma estaba a punto de desechar su primer boceto y comenzar de nuevo cuando Rosa y Mijaíl se sentaron a su lado.

—Tenemos noticias para ustedes, revoltosos —dijo Rosa—. Pero me temo que no es una noticia muy buena.

Paloma se preparó para oír de Tavo.

—Los Farill regresarán a España mañana —continuó Rosa—. Como parte del acuerdo que hicieron, el Sr. Farill no irá a la cárcel, pero no podrá regresar nunca más a México. Tendrán que vender la casa y todas las propiedades que tienen aquí.

La noticia estremeció a Paloma. Así que el Sr. Farill no iría a la cárcel. Gael y Lizzie se quedaron en silencio.

—¿Un acuerdo? ¿Incluso después de todo el tiempo que el Sr. Castillo tuvo que pasar en la cárcel? —preguntó Paloma.

—Siento que no hayamos podido hacer más —dijo Rosa.

—De veras lo sentimos mucho —añadió Mijaíl.

—No, está bien. Al menos nuestro padre está libre. Eso es todo lo que importa ahora —dijo Lizzie. Le puso un brazo por encima a Gael y le dio un beso en la mejilla.

Rosa sacó un sobre de su cartera.

—En cuanto a Tavo Farill... me pidió que te entregara esto, Paloma. El sobre está abierto porque teníamos que leer el mensaje para comprobar que no te estaba amenazando o intimidando.

—Comprendo —dijo Paloma y miró el sobre.

Gael y Lizzie se pusieron de pie.

—Rosita, ¿has probado alguna vez una paleta de mango y chile? —preguntó Gael—. Es dulce y picante como nosotros.

Lizzie protestó porque su hermano había hecho la misma broma de siempre.

Rosa se levantó y le puso una mano sobre el hombro a Paloma, pero Mijaíl se quedó junto a ella.

—Paloma, he estado pensando en qué le diría a mi propia hija en esta situación —comenzó a decir.

Paloma le sonrió. Solo unos días antes, le tenía miedo al Hombre de la Gabardina. Ahora lo admiraba y sabía que podía creer cualquier cosa que le dijera.

—Sé que en un momento pensaste que yo era un hombre malo —dijo Mijaíl—. Pero era solo un disfraz. Y, aunque te sientas culpable cuando pienses en el hijo de los Farill, tú nunca fuiste la mala de esta película. Tú fuiste valiente, inteligente y, a la hora de la verdad, hiciste lo que tenías que hacer. No debes sentirte culpable. Quería que supieras eso antes de leer la carta, Palomita Valiente.

—Gracias —dijo Paloma.

Mijaíl se marchó con Gael y Lizzie a comer paletas. Paloma agradeció que la dejaran sola. Entonces, leyó la carta de Tavo.

Querida Paloma:

Cuando recibas esta nota probablemente ya estaré de regreso en España con mi familia. Quiero que sepas que, después de leer en los periódicos todos los detalles sobre el papel de mi padre en la trampa para mandar a la cárcel al Sr. Castillo, no te culpo por haber ayudado a tus amigos. Te admiro por eso. Por favor, dile a los Castillo que me alegro de que su papá esté libre. Y siento lo que mi padre le hizo a su familia más de lo que puedo explicar.

Mi mamá y yo regresamos a España, a la casa de la familia de mi mamá en Barcelona. No hemos invitado a mi padre a regresar con nosotros. Creo que mi mamá ha decidido terminar con él. Es extraño, no me molesta. En este momento, lo único que me importa es cuidar a mi madre. Ella me necesita.

Espero que disfrutes del tiempo que te queda en Coyoacán y te deseo un buen viaje de regreso a Kansas. Cada vez que pienso en que nunca más nos volveremos a ver, recuerdo esa canción que estaban cantando las mariachis cuando nos conocimos. ¿Recuerdas? "El niño perdido". Al final, las dos trompetistas se encontraron y tocaron juntas, una junto a la otra. Así creo que sucederá con nosotros. Algún día, en algún lugar, yo escucharé tu voz y tú la mía y nos reuniremos como amigos que no se han visto en mucho tiempo. Eso espero.

Tu amigo, siempre,
Tavo

Capítulo 29

Buscadores de cosas perdidas

La noche antes del vuelo de regreso a Kansas, Paloma no pudo dormir. Aunque el reloj decía que eran las once y media, se sentó en la cama, encendió la lámpara de su mesa de noche y sacó su caja de recuerdos. Desparramó las tarjetas sobre la cama y comenzó a leerlas una a una. Las que tenían recuerdos de su padre se habían mezclado con las de Gael y Lizzie. Paloma había añorado por mucho tiempo tener recuerdos propios de su padre, pero había descubierto algo mejor. Aunque su papá no estuviera con ella en México, había estado a su lado a cada paso. Había llegado a México como un pajarito, un *little bird*, pero ahora regresaba a casa como una Palomita Valiente.

"Gracias, papá, por darme mis propios recuerdos", pensó Paloma.

Sintió que se le apretaba el pecho y las lágrimas corrían por sus mejillas. Entonces, escuchó las cuerdas de una guitarra y la suave melodía de una trompeta. Corrió a la ventana. Unos segundos después, su mamá entró a la habitación.

—¡Es una serenata! —gritó y se sentó en el alféizar de la ventana.

Paloma sonrió y fue a sentarse en el regazo de su madre, quien empezó a cantar junto con Gael y Lizzie. La chica movió la cabeza al ritmo de la canción. Cuando terminó, Gael desplegó una hoja de papel de gran tamaño.

—Paloma... —gritó Gael desde abajo—. Tú eres nuestra mejor amiga y quisimos pintar esto para que nunca nos olvides.

Lizzie mostró una pintura en la que los hermanos estaban sentados, tomados de la mano. Detrás de ellos, un inmenso pavo real desplegaba sus alas.

—La dedicatoria dice —continuó Gael—: Para Paloma, porque fuimos en busca de un pavo real y hallamos una hermosa paloma. Nunca te olvidaremos. Con todo nuestro amor, tus amigos, Gael y Lizzie.

La mamá de Paloma se limpió las lágrimas de los ojos. Paloma tragó en seco.

—Yo hice un autorretrato para ustedes también —gritó—. Pero es horrible porque no sé pintar. ¿Lo quieren ver?

—¡Sí! —gritaron Gael y Lizzie.

—¡Pues entren! —dijo la mamá de Paloma, entusiasmada.

Paloma se puso las pantuflas y agarró el autorretrato que había comenzado en la Casa Azul. En la pintura, llevaba el pelo suelto y, en el cuello, el collar con el ópalo rojo y la medalla con el guerrero águila azteca. Detrás de ella, se veían plumas de pavo real verdes y azul turquesa, la casa de Frida, la trompeta plateada de Lizzie, el gorro negro tejido de Gael y un cielo azul inmenso. En las manos, sostenía el anillo del pavo real.

Esa noche, los tres buscadores de anillos se pusieron a conversar, bromear y reír. A la mamá de Paloma no le importó que quisieran tomar chocolate caliente, comer churros y pasarse la noche sin dormir. En algún momento entre la media noche y las seis de la mañana, cuando Paloma debía salir para el aeropuerto con su mamá, los chicos añadieron tres tarjetas en la parte inferior del autorretrato de Paloma:

¡Viva Frida!

¡Viva la amistad!

¡Vivan los recuerdos!

Nota de la autora

En una de mis primeras visitas a la Ciudad de Nueva York, fui al Museo de Arte Moderno (también conocido como MoMA, por sus siglas en inglés), en el centro de Manhattan. Desde niña, había oído hablar de ese maravilloso museo y estaba ansiosa por visitarlo y ver las obras de Jackson Pollock, Andy Warhol, Pablo Picasso y Vincent van Gogh. En la entrada del museo, mientras estudiaba detenidamente la guía que indicaba en qué piso podía ver cuadros de Van Gogh, escuché a un trabajador del museo explicarle a otro turista que en el quinto piso había un autorretrato de Frida Kahlo. ¡El corazón me saltó en el pecho! Conocía la obra de Frida Kahlo desde que era muy joven. Uno de sus autorretratos aparecía en un libro que teníamos en casa y, desde niña, me sentí atraída por el rostro de Frida y me encantaban las flores que llevaba en el pelo. Incluso, siendo tan joven sentí que Frida estaba tratando de decirme algo sobre mi propia identidad y sobre cómo debemos combatir la pobreza, a quienes abusan de otros niños en la escuela y todos los obstáculos que por entonces enfrentaba. Dejé la guía a un lado y subí a toda prisa por las escaleras eléctricas. Pasé sin detenerme por delante de los cuadros de Picasso en busca de Frida.

Cuando llegué a la sala donde debía estar el cuadro, tres adolescentes que iban delante de mí encontraron el autorretrato de Frida, "Fulang-Chang y yo", antes que yo. Me quedé atrás y vi a las tres chicas observar silenciosas a Frida. Tras unos segundos de silencio, una de ellas exclamó: "¡Llamen al salón de belleza! Esa mujer necesita una depilación de cejas urgente". Esa primera reacción de las chicas me hizo reír y dio origen a esta novela de misterio. Terminé usando esa frase, "¡Llamen al salón de belleza!" para mostrar la reacción inicial de Paloma al ver un autorretrato de Frida Kahlo.

Frida, el secreto del anillo del pavo real y yo es una novela de ficción en la que aparecen obras y detalles reales de la vida de la pintora Frida Kahlo. He usado cierta licencia creativa con algunos detalles de la historia, especialmente en lo que se refiere al anillo del pavo real perdido. Esta es la verdad: la idea del anillo del pavo real perdido se me ocurrió leyendo el libro *Frida: Una biografía de Frida Kahlo*, de Hayden Herrera. En la biografía, la autora cuenta que Frida le había dicho a un amigo cercano que quería tener un anillo en forma de pavo real. Frida, incluso, recogió algunas "piedrecitas" e hizo un boceto del anillo. Como a mí también me encantan los pavos reales y las joyas (¡demasiado!), quedé fascinada con la historia del anillo del pavo real y comencé a buscarlo en los dedos de Frida en cada foto de ella que encontraba. Jamás lo vi. Me preguntaba qué habría sucedido. ¿Llegó a tener el anillo? ¿Dónde estaría ahora?

Y ahí hallé mi historia.

Fue en una visita a la Casa Azul, en Coyoacán, que mi historia realmente comenzó a desarrollarse. En la Casa Azul supe que, tras la muerte de Frida, su esposo, Diego Rivera, puso muchos de sus objetos personales (entre ellos joyas, ropas y accesorios) en un baño cerca del estudio de Frida y lo cerró con candado. Poco antes de morir, en 1957, Rivera le pidió a una amiga muy cercana, Dolores Olmedo, que mantuviera el cuarto cerrado por otros quince años. Resultó que Dolores Olmedo mantuvo el cuarto cerrado hasta su propia muerte, en 2002. Ahora, tras haberse abierto ese baño, muchos de los objetos personales de Frida se exhiben en una muestra especial en la Casa Azul. Añadir la historia real del baño cerrado con algunas de las joyas preferidas de Frida, entre ellas un par de aretes que Pablo Picasso le había regalado, era lo que mi novela necesitaba. Le dio a mi cuento inventado sobre un anillo en forma de pavo real una dosis extra de misterio.

La novela presenta a Paloma "obsesionada" con una serie de libros protagonizada por su detective preferida, Lulu Pennywhistle. Lulu nació de mi imaginación, pero le puse ese nombre por mi amiga Lulu Carvajal. Los nombres de algunos otros personajes del libro también fueron tomados de personas reales que se relacionaron con Frida. El apellido Farill, que usé para Tavo y sus padres, fue el del médico y confidente de Frida, el Dr. Juan Farill, de quien Frida decía que le había salvado la vida en algunos de sus peores momentos. En realidad, el Dr. Farill no se parecía en nada al Sr. Farill de mi novela. El Dr. Farill real adoraba a Frida y ella, a su vez, valoraba profundamente su amistad e, incluso, pintó un autorretrato acompañada del doctor como símbolo de su gratitud.

En la novela, describo varios de los cuadros de Frida tan bien como soy capaz de hacerlo. Las interpretaciones de sus pinturas que aparecen en la novela son mías, pero vistas a través de los ojos de la joven protagonista Paloma Márquez. Estas interpretaciones no deben ser consideradas como las únicas posibles. Hay muchas opiniones e interpretaciones en torno a la obra de Frida Kahlo y no creo que ninguna de ellas sea errónea.

Finalmente, como tuve la oportunidad de conocer la obra de Frida Kahlo desde muy joven, quería hacer todo lo posible por presentarla con la admiración que siento en mi corazón por ella. Si desean leer más sobre la obra de Frida, o ver sus cuadros, les recomiendo el libro de Hayden Herrera, *Frida: Una biografía de Frida Kahlo*. Para mí, fue una fuente indispensable a la hora de escribir esta novela. También les recomiendo que visiten el museo de Frida Kahlo, la Casa Azul, en Coyoacán, México. Es un viaje que vale la pena hacer. ¡Y, a lo mejor, nos vemos por allá!

Agradecimientos

Agradezco inmensamente a las siguientes personas:

En primer lugar, a mi editora, Anna Bloom, por su cordialidad y asesoría durante la creación de esta novela; y a Abigail McAden, quien me ayudó cuando cierto bebé adorable apareció en escena. También, al resto del equipo de Scholastic, por su entusiasmo y apoyo profesional: Mónica Palenzuela, Nina Goffi, Michelle Campbell, Lizette Serrano y la increíble Robin Hoffman y su equipo de mercadeo.

A Rafael López, por crear una verdadera obra de arte para la cubierta del libro. A Nancy Villafranca, por sus conocimientos y pericia.

A Jane True, Victoria Dixon y Lisa Cindrich, por sus útiles comentarios durante las primeras versiones del manuscrito. A mis jóvenes editoras, Ava, Kori, Eden, Ana, Lydia y Taylor, por su sinceridad. A Brook Nasseri, por ser una maravillosa becaria. A Verónica Romo, por su atenta revisión de mi español.

Al indetenible equipo de la agencia literaria Full Circle, especialmente a mi agente, Adriana Domínguez Ferrari.

A mis alumnos del CEDI de Guadalajara: Mis recuerdos de su cordialidad, su humor y del orgullo que sienten por México me dieron la fuerza para escribir esta novela.

A mi familia, por su amor y su paciencia.

Acerca de la autora

Angela Cervantes es la autora de la novela para niños *Gaby, perdida y encontrada*, que recibió el premio al mejor libro de ficción por capítulos para jóvenes en los International Latino Book Awards y fue seleccionada como el mejor libro del año para niños por el Bank Street College of Education en el 2014. Su segunda novela, *Allie, ganadora por fin*, recibió una crítica estelar por parte de *Kirkus Reviews*. Angela es hija de un maestro de secundaria retirado que le inculcó el amor por la lectura y la narración. Angela escribe en su casa, en Kansas City, Kansas. Cuando no está escribiendo, disfruta leer, correr, mirar las nubes y comer tacos cada vez que puede. Aprende más sobre Angela en angelacervantes.com.